Hi, Wei-Jin Celebrities!

世说新语来了！

在名士故事中读懂小古文

歪歪兔童书馆 / 著绘

海豚出版社
DOLPHIN BOOKS
CICG 中国国际传播集团

一位不简单的王爷
和一本好玩儿的书

本书审订人　苗怀明

（南京大学文学院教授、博士生导师）

　　公元 420 年，能征善战、位高权重的刘裕取代东晋，建立了南朝第一个政权刘宋。刘裕有两个弟弟：二弟刘道怜、三弟刘道规。二弟刘道怜生了六个儿子，三弟刘道规却一个儿子也没有，于是刘道怜就把二儿子送给了刘道规。在中国古代，这种送儿子的做法叫过继。

　　这个送出去的孩子叫刘义庆。刘宋政权建立时，养父刘道规已去世多年，刘裕追封这个弟弟为临川王，作为养子的刘义庆自然而然承袭了王位。

　　刘义庆出生于公元 403 年，从小才华出众，能力过人，十三岁就跟着伯父刘裕攻城略地，十五岁担任秘书监，相当于皇家图书馆馆长。刘裕非常看重这个文武双全的侄子，曾夸他说："此我家之丰城也。"这里所说的丰城是丰城剑的简称，丰城剑是西晋时在丰城出土的两把宝剑，一把叫龙泉，一把叫太阿。后来人们多用丰城剑来赞美杰出的人才。

　　刘宋王朝建立后，年轻的刘义庆被委以重任，担任各种要职。到刘裕的儿子宋文帝刘义隆时，刘义庆更是做到了相当于副宰相的尚书左仆射。后来他看到宋文帝对王室子弟及大臣深怀戒心，甚至大开杀戒，清除异己，就主动请求到地方上去，全身远祸。他先后在荆州、江州、南兖（yǎn）州等地担任地方长官，直到公元 444 年去世。

刘义庆一生虽然官做得也不小，但没有多少值得一说的丰功伟绩。好在他有才华，能写书，留下了一部记录很多文人好玩儿故事的书，那就是《世说新语》。

按照史书的记载，《世说新语》是刘义庆编撰的，但也有一些研究者认为，这部书是由刘义庆组织手下文人编写的，他是这部书的主编。

《世说新语》是我国早期小说的典范之作。书中故事篇幅都不大，短的只有简简单单一句话，长的也只有几十字、一两百字，读起来却是字字珠玑，人物生动传神，故事妙趣横生，言有尽而意无穷。

《世说新语》是我国第一部志人小说集。志人小说就是记录历史人物言行和传闻故事的一类小说，当然，是用文言写成的。

读者朋友千万不要一看到"文言"这两个字，就觉得难读难懂。其实，在众多古代典籍中，《世说新语》可以称得上是最好懂、最好玩儿的一本。全书收录了从西汉到东晋众多名士的有趣故事，大部分集中在东汉末年和魏晋时期。"士"是指文化人，"名士"可以简单地理解为有名气的文化人。

《世说新语》是一本小说集，虽然不是一部历史书，但里面记载的人物都是真实的历史人物，其中不少故事来源可靠，取自刘义庆生活的那个时代所能收集到的前代和当代人写作的书籍。后人在编撰晋朝史书《晋书》时，就采用了这本书里不少内容。这也就可以解释，为什么东晋著名的大诗人陶渊明缺席《世说新语》，另一位诗人谢灵运也只有一句话的记录。这是因为他们生活的年代和刘义庆太接近了，他们的故事还没来得及广为流传。

现在通行的《世说新语》分三卷，共一千一百三十则故事。全书依类编排，按故事内容分为三十六篇，每篇就是一类，都以两个字命名。

上卷为德行、言语、政事、文学，共四篇。

中卷为方正、雅量、识鉴、赏誉、品藻（zǎo）、规箴（zhēn）、捷悟、夙（sù）惠、豪爽，共九篇。

下卷为容止、自新、企羡、伤逝、栖逸、贤媛、术解、巧艺、宠礼、任诞、简傲、排调、轻诋（dǐ）、假谲（jué）、黜（chù）免、俭啬（sè）、汰侈、忿狷（fèn juàn）、谗（chán）险、尤悔、纰（pī）漏、惑溺（nì）、仇隙，共二十三篇。

其中上卷和中卷写的大多是值得赞美的人物言行和品格，比如收入小学语文课本的《杨氏之子》就出自《言语》篇。故事说的是杨家有个才九岁的小朋友很聪明，有一次一个姓孔的朋友来拜访他父亲，父亲不在家，小朋友就为客人端上来一盘杨梅。这位孔姓朋友指着杨梅跟孩子开玩笑说："你姓杨，杨梅也姓杨，这是你家的家果。"聪明的孩子马上应声答道："从来没听说过孔雀是您家的家禽啊！"这位小朋友的反应真快，也很幽默。

> 梁国杨氏子九岁，甚聪惠。孔君平诣其父，父不在，乃呼儿出。为设果，果有杨梅。孔指以示儿曰："此是君家果。"儿应声答曰："未闻孔雀是夫子家禽。"

《世说新语·言语2-43》

下卷里的内容则较为庞杂，对里面人物的评价有褒有贬，不过大部分好玩儿的故事都集中在这一卷里。

这里挑几个较难理解的篇名简单解释一下。

"捷悟"指的是思维敏捷，"夙惠"讲的是一群聪明小孩的早慧故事，"夙"有早晨、早的意思。"识鉴"指对事物的见解、对人物的鉴别，"赏誉"指赞赏人物，"品藻"则是品评人物的高下，从长相到气质风度，都是品评的内容。

"任诞"是任性、放诞，"简傲"是傲慢无礼，"排调"是戏弄、

嘲笑，"轻诋"是轻蔑、诋毁，"忿狷"是指愤怒、急躁，"谗险"是指狡猾、阴险，"纰漏"指做错事或有疏忽。

魏晋时期是个重颜值的时代，名士们很喜欢对别人的容貌品头论足，东晋丞相王导嘲笑西域僧人康僧渊长相的故事就出自《排调》篇。

康僧渊长得两眼深陷，鼻子高挺，王导就总是笑话人家，康僧渊却不卑不亢地说："如果把人的脸比作大地，鼻子就是高山，眼睛就是深渊。山不高就没有灵气，渊不深则水不会清。"看人家回答得多机智、多得体，这才是自嘲的最高境界。

康僧渊目深而鼻高，王丞相每调之，僧渊曰："鼻者，面之山；目者，面之渊。山不高则不灵，渊不深则不清。"

《世说新语·排调25-21》

《世说新语》在中国文学史乃至中国文化史上都有着重要且独特的地位，影响深远，自从面世以来，一直是文人案头的必读书。向来反对"必读书"的鲁迅先生曾破例给朋友的孩子开过一个书单，只列了十二种书，其中就有这部书。

在中国古代，就连赵匡胤、朱元璋、康熙等皇帝都认真阅读此书，将其作为治国的重要参考，民间还流传着"家有财产万贯，不如读《世说》一卷"的说法。人们熟悉的很多成语，如管中窥豹、鹤立鸡群、望梅止渴、琳琅满目、身无长物、渐入佳境等，也出自这本书。许多大文豪如李白、杜甫、苏轼等写诗作文都喜欢引用其中的典故，陶母剪发待宾、王徽之雪夜访戴等经典故事更是历代画家钟爱的题材，不少小说戏曲也从中取材。书中名士们高洁的品行、洒脱的风度、率真的性格、洞穿世事的人生智慧、超越世俗的精神追求，为后人源源不断地提供着精神营养。

鲁迅先生也很喜欢《世说新语》，称其为"一部名士的教科书"。

《世说新语》是按故事内容分类编排的，这样做的好处是同一类故事放在一起，可以集中阅读，但也有不便之处，那就是同一个人的故事会分散到各类中，往往看得人云里雾里。

为了便于大家阅读，本书从原书中精选二百多个精彩故事，并将同一个人物的故事整合在一起，从东汉末年一直到东晋，按时间顺序编排，以便读者对名士们有更为全面的了解，对汉末魏晋时期的那段历史有更为清晰的把握。

这些精选出来的故事短小隽永、名句频出，人物个性张扬，对话机智幽默，场景生动有趣。在这些故事中，可以看到很多熟悉的历史文化名人，如曹操、孔融、杨修、阮籍、嵇康、王导、桓温、谢安、王羲之、顾恺之等等。他们或对坐清谈，或品评人物，或开怀畅饮，或长啸山林。他们有的向往隐居山林的闲散生活，有的怀着夺取天下的政治野心；有的挥霍无度，有的吝啬抠门儿；有的行为怪诞，有的举止优雅。和此前的文人相比，他们有一个很大的共同点，那就是率真，敢于流露自己的真性情，敢于展示自己的过人才华，敢于选择自己的生活方式，少了很多客套的虚伪，多了对生活的热爱、对别人的真诚。

读完这本书，可以认识几十位性格各异、形象生动的魏晋名士，收获二百多个充满情趣的人物故事，掌握一大批经典名句和成语典故，还可以对魏晋时期的历史文化、人情世态、时代风尚产生真切直观的了解。有人称《世说新语》是中古文化的百科全书，从中可以学到很多东西。

阅读这本书，还会有一个更大的收获——你会发现，一直觉得难读难懂的文言文，竟然如此有趣，可以像现代文一样欣赏，毫不费力。

之前大家也许会觉得文言文单调无趣，晦涩难懂，其原因可能是对其中的词汇、基础语法以及典章制度等知识不太熟悉，也可能是文章本身就枯燥难懂，或是故事内容离现代人的生活太过遥远。而《世说新语》采取以小见大的写法，用纯正优雅的文言记录魏晋名士的风趣故事和智言巧语，是很好的文言文学习材料。不过，如果不掌握基本的历史知识，读起来也会不知所云。

本书通过重新编排，将原书散落在各篇中的同一个人物的多个故事按照时间顺序汇集在一篇故事里，并适当增添了人物所处的历史背景的交代，由此可以让我们清晰地了解这些人物的故事是在什么样的情境中发生的，这样就很容易读懂和理解。用人物故事串连起原文，不仅能轻松读懂文言文，而且还可以丰富文化知识，领略人物风采，欣赏文笔之美。

全书篇目按人物的生活年代排列，从东汉一直延续到东晋末年，把一位位名士放在宏大的历史背景之下、盘根错节的人际网络之中，让读者对人物间的关系、名士风度的时代特征，乃至整个魏晋历史都能有一个整体的把握。

在名士们的爆笑故事中轻松读懂小古文，学习文言文就这么简单。

目录

陈 寔　孩子够优秀，吃饭吃粥都一样……………… 10

曹 操　心眼儿超多的乱世枭雄………………… 18

孔 融　这个小孩不止会让梨………………… 26

杨 修　聪明过头惹来杀身祸………………… 32

阮 籍　超出礼法的真性情………………… 38

阮 咸　放飞自我的音乐人………………… 44

嵇 康　最后再弹一曲《广陵散》………………… 50

钟 会　吓得不敢出汗………………… 56

山 涛　才气不足，用气度来补………………… 62

刘 伶　天地当房子，房子当裤子………………… 68

王 戎　魏晋第一吝啬鬼………………… 74

司马炎　三国归晋，队伍不好带………………… 80

王 济　奢侈无度的驸马爷………………… 88

石 崇　西晋首富之争………………… 96

王 衍　搅乱天下的人………………… 104

卫 玠　这个帅小伙被人看死了………………… 110

王 导	皇帝请他同坐宝座	118
王 敦	这个人将来一定会造反	126
庾 亮	不吉利的马不能卖给别人	134
陶 侃	为了招待客人，差点儿把房子给拆了	140
王羲之	大书法家的另一面	146
王徽之	工作不上心，爱玩第一名	154
桓 温	流芳百世还是遗臭万年	162
殷 浩	我要做我自己	170
谢 安	淡定！保持风度最重要	176
王坦之	膝上名士和他的暴脾气老爸	184
支 遁	爱它就给它自由	190
郗 超	"坑爹"的孩子	198
顾恺之	妙语连珠的大画家	204
桓 玄	一堆漂亮话	212
附 录	本书主要人物关系图	220

孩子够优秀，
吃饭吃粥都一样

　　和后来魏晋时期的大多数名士出身于名门望族不一样，东汉末年的陈寔（shí）出身贫寒而普通。人没法改变自己的出身，但是可以改变子孙后代的出身啊！于是，陈寔开创了一个名门望族。

　　陈寔是颍（yǐng）川许县人，许县在现在的河南许昌，他开创的这个家族，后来就被称为颍川陈氏。这个家族有多厉害呢？三百多年后，一个叫陈霸先的人建立了南朝最后一个朝代陈朝，这也是中国历史上唯一一个以皇帝姓氏为国号的朝代。出生于浙江的陈霸先为了蹭热度、显身份，说自己来自颍川陈氏这一家。陈霸先是不是陈寔的后代这事儿还真不好说，但这足以说明颍川陈氏家族在几百年间的影响力。

　　陈寔能从一个普普通通的穷孩子成长为一代名士，在全国上下享有广泛的声誉，靠的不仅是他的才学，更是他的人品。他品德高尚，重视家庭亲情，当时就是妥妥的全国道德模范。陈寔四十多岁时，当过几年太丘县的县长，所以后来人们也叫他陈太丘。

> 陈仲弓为太丘长，时吏有诈称母病求假。事觉，收之，令吏杀焉。主簿请付狱考众奸，仲弓曰："欺君不忠，病母不孝。不忠不孝，其罪莫大。考求众奸，岂复过此！"

《世说新语·政事 3-1》

注 陈仲弓：陈寔，字仲弓。　　　　　主簿（bù）：官名，主管文书簿籍等。
太丘：在今河南永城。　　　　　　　考：审问。
收：逮捕。　　　　　　　　　　　众奸：众多犯罪事实。

他当县长时，有一次，有个手下向他请假。请假就请假吧，偏偏这人撒谎说他妈生病了，要回去照顾。陈寔发现这人撒谎后，就把他抓了起来，还下令要杀掉他。

掌管文书的主簿赶紧说，处死刑可是大事，是要走法律程序的，得把他交给狱警审讯，看看有没有其他更多的犯罪事实，再按罪量刑。陈寔却说："欺骗上司，是不忠诚；咒亲妈生病，是不孝顺。不忠不孝，这就是大罪。审问其他的犯罪事实，难道还能有比这个罪行更大的罪吗！"

这事儿要是放到现在的法治社会，主管官员按照自己的道德观念就要轻易判处一个人死刑，肯定是不合法的。但这个故事主要是要表现陈寔的观点，在他看来，不忠不孝就是人世间最大的罪。

在生活中，可能也会有同学因为不想上学，曾经谎称"妈妈病了""要送奶奶去医院"之类的，向老师请假。以后如果还想出这样的馊主意时，就想想这个故事。虽然从法律上来说，这事儿不算违法，但在真正有品德的人看来，这样的行为是令人不耻的。

读过这个故事后，你可能会以为，陈寔就是个脾气暴躁的老古板，动不动就喊打喊杀。实际上，在家里，他却是一个对待孩子严厉但又不失宽和的父亲。

有一次，他的两个儿子闯了祸，事情虽然不大，但也关系到一家人的吃饭问题。不过，因为两个孩子的好学与聪慧，最后让事情出现了反转。

宾客诣陈太丘宿，太丘使元方、季方炊。客与太丘论议，二人进火，俱委而窃听。炊忘著箅，饭落釜中。

太丘问："炊何不馏？"元方、季方长跪曰："大人与客语，乃俱窃听，炊忘著箅，饭今成糜。"太丘曰："尔颇有所识不？"对曰："仿佛志之。"二子俱说，更相易夺，言无遗失。

太丘曰："如此，但糜自可，何必饭也！"

《世说新语·夙惠12-1》

注 诣（yì）：拜访。
元方：陈纪，字元方。
季方：陈谌（chén），字季方。
委：丢开，舍弃。
箅（bì）：一种蒸饭用的器具。
釜（fǔ）：锅。

馏（liù）：把米放在水里煮至水开，再捞出来放在箅子上蒸成饭。
糜（mí）：比较稠的粥。
识（zhì）：记住。
不（fǒu）：同"否"，用在句末表疑问。
易夺：改正补充。

当时，有客人来拜访陈寔，晚上住在他家里，陈寔便叫儿子陈纪、陈谌去烧火做饭。客人和陈寔在外面谈话，两个孩子把米放进锅、烧上火后，就只顾着听他们说话，完全忘了等水开后把米捞出来放在箅子上蒸，结果米就一直在锅里煮着。

等到要吃饭时，陈寔才发现问题，于是板着脸问孩子："你们怎么没蒸饭呢？"两个儿子跪下说："父亲大人与客人说话，我们俩在偷听，做饭时忘了放竹箅，干饭现在煮成粥了。"陈寔问："那你们还记得我们都谈了些什么吗？"两人说："大概还记得。"于是两人一起叙说，互相补充更正，把刚才听到的话毫无遗漏地全部复述了一遍。

陈寔听他俩说完，顿时转怒为喜，说："既然这样，吃粥就行了，干吗一定要吃干饭呢！"

　　孩子这么聪明好学，记性好，说话又有条理，当然让做家长的非常欣慰。相比之下，干饭做成了粥又算什么事儿呢？哪怕是烧成了锅巴，相信陈寔也会说：这锅巴真是焦香扑鼻，大赞！

　　优秀的孩子不仅能在客人面前给家长长脸，碰到不那么客气的客人，怼起人来也是很能为家长解气的。

　　有一次，陈寔和一位朋友约好一起去拜访另一位朋友。说好的正午时在他家会合，可陈寔等到太阳都偏西了，朋友还没来。那时候没有手机，也没法打个电话问问朋友是怎么回事，陈寔就只好一个人先走了。

　　等他走后，朋友才坐着车慢悠悠地来到他家。陈纪当时才七岁，正在家门口玩耍，客人连车都懒得下，就冲他喊道："哎，那小孩，你父亲在家吗？"陈纪说："等了您好久也没来，他就走了。"客人一听，竟然不顾身份仪态，开始破口大骂："真不是人啊！约好了一起走的，却丢下别人自己先走了。"

　　陈纪一听，这都是什么客人啊，明明是自己迟到了，还好意思骂别人，于是回怼道："您与我父亲约好的中午，到了中午还没来，是不讲信用；当着儿子的面骂他的父亲，是没有礼貌。"
客人一听：这孩子小小年纪，竟然就这么会怼人了。再想想自己，不仅有错在先，骂人的话又比不上这孩子的理直气壮、掷地有声，顿时觉得很羞愧，于是下车来想拉拉他的手求和解。陈纪懒得理他，头也不回地跑进屋子里去了。

陈太丘与友期行，期日中。过中不至，太丘舍去，去后乃至。元方时年七岁，门外戏。客问元方："尊君在不？"答曰："待君久不至，已去。"

友人便怒曰："非人哉！与人期行，相委而去。"元方曰："君与家君期日中。日中不至，则是无信；对子骂父，则是无礼。"

友人惭，下车引之。元方入门不顾。

《世说新语·方正5-1》

注　期行：相约同行。期，约定。　　　　　相委而去：丢下我走了。相，表示动
日中：正午时分。　　　　　　　　　作偏指一方。委，舍弃。
舍去：丢下（他）而离开。舍，舍弃。　家君：对人谦称自己的父亲。
去，离开。　　　　　　　　　　　　引：拉，牵拉。
尊君在不（fǒu）：令尊在不在？尊君，　顾：回头看。
对别人父亲的尊称。不，同"否"。

陈纪和弟弟陈谌长大后，也都以良好的品行闻名于世，与父亲并称为"陈氏三君"。这兄弟俩都太优秀了，以至于他俩的儿子陈群和陈忠都想比一比，到底谁的爹更优秀。争来争去也争不出个结果，于是两人就一起去问陈寔。

这下可把爷爷难住了：两个儿子，手心手背都是肉，还能说谁比谁更好一些呢？两个孙子，又能说谁的爹比谁的爹更差一些呢？

陈元方子长文，有英才，与季方子孝先各论其父功德，争之不能决。咨于太丘，太丘曰："元方难为兄，季方难为弟。"

《世说新语·德行1-8》

注　长文：陈群，字长文，陈纪的儿子。　　孝先：陈忠，字孝先，陈谌的儿子。

陈寔左思右想，最后总算是把这碗水给端平了："不能说当哥哥的陈纪就强些，也不能说当弟弟的陈谌就差些，两个人实在是难分伯仲啊！"

成语"难（nán）兄难弟"就出自陈寔的这句话，形容兄弟

同样优秀，难分高下，和共处患难的"难（nàn）兄难弟"可不一样哦。

陈寔晚年，黄巾起义爆发。在东汉朝廷内部，皇后的娘家人与宦官争权夺利，东汉已经是危机重重。起义被平定后，各路势力纷纷崛起，高官家庭出身的曹操把东汉末帝汉献帝抓在自己手中，掌握了朝廷实权，为后来儿子曹丕取代东汉、建立曹魏政权扫清了道路。

在陈家挑起"拼爹"事件的陈群，后来成了曹魏政权的开国功臣。陈群还创建了"九品中正制"——一种选拔官员的制度。这种制度发展到后来，成了名门望族子弟轻松就业的工具。魏晋时期能出现那么多有钱有闲的名士，也与这一制度密不可分。

世说小百科

九品中正制

由陈群制定、魏文帝曹丕下令实施的九品中正制，是魏晋南北朝时期最重要的选拔官员的制度。

"九品"是指把官员分为九等，即上中下三等中又各细分为上中下三等：上上、上中、上下、中上、中中、中下、下上、下中、下下。"中正"是指负责评定、推举人才的官员。这种制度主要靠中正官的评定和推荐来选拔官员，评选内容包括家世、个人的道德水平和才能三项。

东汉时期，逐渐出现了一些世代都有人在朝廷当大官、有钱有势的名门望族，称为士族。与士族相对应的是出身普通的庶族，也称为寒门。到了晋代，士族已经发展成一股强大的社会力量，就连皇帝都要依靠他们。于是，原本能选出优秀人才的九品中正制就变了味、走了样。中正官不再考评官员的道德、才能，而是完全依据家世来给官员定品级。出身寒门的人即使才能出众也只能定在下品，而出身世家大族的人虽然才能和品德一般，却能位列上品，形成了"上品无寒门，下品无士族"的局面。

《世说新语》中的主人公大多都来自士族。他们注重自我、个性张扬，有事没事就凑在一起吟诗作赋、谈论哲学、点评人物，形成了魏晋时期别样的"名士文化"。

九品中正制延续了大约四百年，到隋唐时，才被以个人文化水平考试为依据的科举制取代。

曹操

心眼儿超多的
乱世枭雄

东汉末年，在平定黄巾起义的过程中，各路英雄率领自己的队伍在战争中发展壮大。起义平定后，全国各地逐渐被大大小小的割据势力分占。在北方，势力最强的要数占据黄河以北地区的袁绍，稍弱一些的就是拥有河南、山东一带，但控制了汉献帝的曹操。

公元200年，这两大集团在河南中牟(móu)的官渡展开决战，曹操打败袁绍十万大军，为统一北方地区打下了基础。

你可能想不到，曹操和袁绍这对在战场上打得不可开交，非要拼个你死我活的对头，是一起从小玩到大的发小。这两个日后逐鹿中原的英豪，年少时也是不安分的坏小子，虽然都是名门大家出身，却不在家好好学习，偏要学人家当"古惑仔"，到处惹是生非。

魏武少时，尝与袁绍好为游侠。

观人新婚，因潜入主人园中，夜叫呼云："有偷儿贼！"青庐中人皆出观。魏武乃入，抽刃劫新妇。

与绍还出，失道，坠枳棘中，绍不能得动。复大叫云："偷儿在此！"绍遑迫自掷出，遂以俱免。

《世说新语·假谲27-1》

注　魏武：魏武帝曹操。曹操的儿子曹丕称帝，建立魏国后，追尊曹操为武皇帝。
尝：曾经。
游侠：指爱结交朋友，能救人于危难的人。
青庐：青布搭成的棚。按当时的婚俗，是迎接新娘、举行婚礼的地方。
失道：迷路。
枳棘（zhǐ jí）：两种多刺灌木。
遑（huáng）迫：惊慌急迫。
掷出：跳出。

一户人家举办婚礼时，两人偷偷跑到主人家的园子里。到了夜里，曹操大喊："有小偷！抓小偷！"当时，婚礼正在临时搭建的青布棚子里热热闹闹地举行，听到喊声，人们都出来看是怎么回事，把新娘子一个人留在棚子里。曹操趁机溜了进去，拔出刀劫持了新娘。

后来曹操和袁绍一起跑出来时，慌不择路，袁绍一不小心踩进荆棘丛中，被绊住了腿，一时间竟然拔不出来。在这危急时刻，曹操灵机一动，大声喊道："小偷在这里！"袁绍一听，又着急又害怕。他拼命一挣，腾地一下就跳了出来。两个人赶紧一溜烟跑没了影。

不过这袁绍也不是个好惹的主。虽然这次多亏曹操他才逃过一劫，但他也被曹操这一嗓子给吓得不轻，因而怀恨在心。后来，他还派出刺客夜里去刺杀曹操。

那时，曹操正在床上躺着呢，只听当的一声，一把短剑飞过来插在他身下的床上。曹操多机灵的人啊！他心想，刺客这一次扔低了，下次肯定会往高一些的地方扔，于是把身体紧紧贴在床上。果然不出他所料，刺客第二剑扔得高了些，擦着他的肚皮飞过去了。

袁绍年少时，曾遣人夜以剑掷魏武，少下，不著。魏武揆之，其后来必高。因帖卧床上，剑至果高。

《世说新语·假谲27-5》

注 少（shǎo）下：稍微低一点。少，稍微。　　揆（kuí）：推测。
　　不著（zhuó）：指没有掷中。著，同"着"。　　帖：同"贴"。

可能是这次遇刺的经历给曹操留下了浓重的心理阴影，成年后的曹操越发多疑。到了后来，他身居高位，手握重权，更是看身边的人个个都像心怀鬼胎，说不定啥时候就能取他的性命，尤其是睡着之后啥都不知道，可太没有安全感了。一定得想个好办法！

于是，曹操平时就常跟身边的人说："大家注意啦，我睡觉的时候你们不要随便靠近我。只要有人走到我身边，我就会在睡梦中把他给杀了，连我自己都不知道。你们做我的侍从可千万要小心，要保护好自己哟！"

后来有一次他假装睡着了，故意把被子踢到一边。一个他很宠信的侍从悄悄走过来给他把被子盖上。曹操拿起刀一跃而起，把侍从给杀了，然后像没事人一样继续躺下睡觉。

从这以后，每当他睡觉时，再也没有侍从敢靠近他。

魏武常云："我眠中不可妄近，近便斫人，亦不自觉。左右宜深慎此！"后阳眠，所幸一人窃以被覆之，因便斫杀。自尔每眠，左右莫敢近者。

《世说新语·假谲27-4》

注 妄近：随便靠近。　　　　　　　　阳眠：假装睡着。阳，同"佯"。
　　斫（zhuó）：砍。　　　　　　　　幸：宠爱。

这一招已经相当狠了，可曹操觉得还不够，认为得来个双保险，彻底断了人们谋害他的念头。

这一次表演升级，他还请了身边一位亲近的侍从来当助演，

并给助演开出了天价片酬。可怜的侍从不会想到，陪曹操一起演戏，片酬能不能拿到另说，自己得付出多大的代价。

曹操先是宣称自己有超能力：一旦有人想要谋害他，他的心就会跳得很厉害。接着，为了展示自己的超能力，他对助演侍从说："你怀里藏把刀偷偷走到我身边，我会说我突然心跳得很厉害，让人抓住你，说要把你杀了。你只要不说是我指使你干的，就不会有事。你放心，我一定会重重报答你的。"

天真无邪的侍从信了他的话，照他说的去做了，被抓住后也一点儿都不害怕。就是演场戏嘛，有什么好怕的呢。可结果呢？结果侍从就这样被杀掉了。这人到死也没明白是怎么回事。但周围的侍从都以为曹操真的能感应到想刺杀他的人，那些图谋不轨的人都很气馁（něi），再也不敢试图刺杀曹操了。

魏武常言："人欲危己，己辄心动。"因语所亲小人曰："汝怀刃密来我侧，我必说'心动'，执汝使行刑，汝但勿言其使，无他，当厚相报。"

执者信焉，不以为惧，遂斩之。此人至死不知也。左右以为实，谋逆者挫气矣。

《世说新语·假谲27-3》

注 辄（zhé）：总是，就。　　　　　　　执：捕捉。
小人：指身边的侍从。　　　　　　挫气：灰心丧气，泄气。

真是伴君如伴虎，跟了个疑心病领导，分分钟性命都难保。看到这里，你可能会问了，曹操这么诡计多端，不是抢人家新娘子，就是杀身边的人，他的这些心眼儿就一点儿没用到正道上吗？

那当然有。曹操被人们称为"治世之能臣，乱世之枭雄"，东汉末年掌控朝中大局，与刘备、孙权三分天下，当然要靠他的文韬武略、机智权谋。我们熟悉的成语"望梅止渴"就来自曹操在领兵途中的一个故事。

魏武行役，失汲道，三军皆渴。乃令曰："前有大梅林，饶子，甘酸可以解渴。"士卒闻之，口皆出水。乘此得及前源。

《世说新语·假谲27-2》

注 行役：带领部队行军跋涉。　　　　饶子：果实很多。饶，多。
汲道：通往水源的道路。

那一次，他带着军队长途行军，一路上都没有找到水源，士兵们口渴难耐，怨声载道，行军速度也越来越慢。曹操看着大家垂头丧气的样子，眉头一皱，计上心来，他指着前方说："前面有一大片梅林，树上结了很多梅子，一个个又甜又酸，我们走到那里就可以饱餐一顿了，既能充饥又能解渴。"

士兵们听了他的话，嘴里就像已经吃到了梅子一般，都流出

了口水，马上便不渴了。大家打起精神继续行军，终于走到了有水源的地方。

曹操绘声绘色描述出的梅子味道，还真的让士兵都解了渴呢！你知道其中的科学原理吗？

你可能已经发现，本篇中的五个故事都出自《世说新语》的《假谲（jué）》篇。"假谲"是指诡诈、欺骗。《假谲》篇收录了十四个故事，曹操一人独占五个。按这个比例换算，如果说《世说新语》中几百个人物加起来总共有一千四百个心眼，曹操一人就有五百个，称他为"曹操·多心眼子"都不为过。

代人捉刀

在经典名著《三国演义》中，主角一出场，先介绍长相和身高。刘关张三人一个比一个高：刘备，七尺五寸；张飞，八尺；关羽，九尺。现在的一尺是三十三厘米多，那古代的一尺有多长呢？其实，在不同的时代，一尺的长度并不一样。

商朝的一尺约为十七厘米，十尺为一丈，"丈夫"最早指的就是成年男子，身高一丈左右。而汉朝的一尺在二十一到二十四厘米之间，如果按二十三厘米算，刘备，一米七三；张飞，一米八四；关羽，两米零七。到了曹操这儿：七尺，一米六一。

曹操不仅个儿不高，对自己的外貌也相当不自信，以至于他当上魏王后，接见使者时都要找替身。他的手下崔琰（yǎn）（崔季珪）身材高大、长相英俊。匈奴使者来访时，曹操就让崔琰假扮魏王，坐在榻上接见。自己则握着刀，穿上侍卫的衣服站在一旁。

接见过后，曹操派间谍去问使者："您觉得魏王怎么样？"使者回答说："魏王气质高雅，风度翩翩。不过呢，床榻边那个带刀的侍卫，那才是真正的英雄啊！"曹操听说后大吃一惊。心想，到底是自己演技不佳，英雄气质由内而发，还是这个使者见识过人，看穿了自己内心的自卑？不管怎样，这人是不能留了，于是派人追上去杀了使者。

成语"代人捉刀"就出自这个故事，指代替别人做事，多指写文章。在古代，人们在竹简上写字，要修改时就用一种名为"削刀"的小刀把写错的地方削去后重写，所以"代人捉刀"有了替别人写文章的意思。

魏武将见匈奴使，自以形陋，不足雄远国，使崔季珪代，帝自捉刀立床头。既毕，令间谍问曰："魏王何如？"匈奴使答曰："魏王雅望非常。然床头捉刀人，此乃英雄也。"魏武闻之，追杀此使。

《世说新语·容止14-1》

| 孔融

这个小孩
不止会让梨

　　孔融让梨的故事你多半听说过，这个故事实在是太出名了。但我们想一想，小孩子自己挑了个小梨，把大梨让给哥哥吃，这样的事情并不出奇，说不定你都做过，为什么孔融让个梨就上了热搜呢？

　　当然是因为孔融本身就是个历史名人、东汉名士。我们前面说过的汉献帝，他历时最长的一个年号叫建安。建安时期，有七个很出名的文学家，被称为"建安七子"，孔融就是这七子里的一个。他可能不算是建安七子中文学成就最高的，但绝对是七人中最有气节的。

　　孔融让梨之所以出名，也是因为这个故事发生在孔融很小的时候。古代小朋友的启蒙读物《三字经》里说"融四岁，能让梨"。古人算的是虚岁，实际上这个小孩当时才三岁。三岁的孔融不仅有了让梨的格局，还在大人问他为什么拿小梨时说出了"小儿，法当取小者"这样的话，我年纪小，吃得也少，当然应该拿小的。当时就让家里人很吃惊。

小孔融说出惊人之语可不止这一次。小孔融十岁那年，跟着父亲到都城洛阳去拜访李膺（yīng），他当时的一连串言谈把一屋子客人都给惊到了。

这个李膺是什么人呢？他可是一位响当当的人物，声震天下，和前面说过的陈寔是好朋友，还都是颍川老乡。

李膺当时担任司隶校尉，负责监督朝廷百官以及都城周边一大片地区的官员。因为执法严明，那些不守法的官员听到他的名字都吓得浑身发抖，尊重他的读书人则称他为"天下楷模"。

李膺风度翩翩，品行端正，对自己的要求和评价都很高，想要把维护天下的礼仪规范、判断是非曲直当成自己的责任。李膺很注重发掘和培养人才，当时，年轻的读书人如果能有机会去他家拜访，那感觉就像是原本普普通通的鲤鱼跃过了龙门，要化身为龙啦！

李元礼风格秀整，高自标持，欲以天下名教是非为己任。后进之士，有升其堂者，皆以为登龙门。

《世说新语·德行1-4》

注　李元礼：李膺，字元礼。　　　　名教：儒家传统礼教。
风格：风度，品格。　　　　　　　登龙门：指声望得到提高。
标持：品评。

所以他家的门槛也很高，可不是想进就能进的。那些前来登门拜访的，要么是名声在外的才学之士，要么就是李膺自己家的亲戚。除了这两类人，门卫压根儿不会去向主人通报。

初来乍到的小孔融却一点儿都不担心会被拒之门外。他走到门口，大模大样地对门卫说："我叫孔融，是李大人的亲戚。"

门卫跑去跟李膺一说，李膺心想：这个小孩子会是我的什么亲戚呢？先把他叫进来问问吧。于是，孔融就这样被请进门，坐到了李膺面前。

李膺看着面前这个小孩，笑着问他："请问，您和我是什么亲戚呢？"

孔融落落大方地说："我的祖先孔子和您的祖先老子是学生和老师的关系，这样算起来，我与大人您也是好多好多代的交情了，算得上是世代通家之好啊。"

老子姓李名耳，和李膺同姓。《史记》上记载，孔子曾经向老子请教关于"礼"的知识，说他们是师生是没问题的。孔融是孔子的二十世孙，李膺是不是老子的后人这得另说，但小小年纪的孔融能有这样的学识和聪慧，还是让李膺和在场的客人们惊奇不已，大家纷纷称赞这孩子会说话。

这时，一个叫陈韪（wěi）的官员来到李膺家，刚好错过了这精彩的一幕。有人便把孔融刚才说的话转述给他听。没想到，心高气傲的陈韪听后很有些不屑地说："**小时了了，大未必佳。**"小时候聪明伶俐，长大后不见得就有多了不起。

是时候给晚到的客人展示一下真正的技能了！陈韪话音刚落，孔融便应声说道："想君小时，必当了了。"想来您小的时候一定是非常聪明伶俐的。没说出来的后半句则是：要不然现在怎么这么普通呢！在场宾朋哄堂大笑，陈韪这个尴尬啊，都恨不得找个地缝钻进去。

孔文举年十岁，随父到洛。时李元礼有盛名，为司隶校尉。诣门者，皆俊才清称及中表亲戚乃通。文举至门，谓吏曰："我是李府君亲。"既通，前坐。

元礼问曰："君与仆有何亲？"对曰："昔先君仲尼与君先人伯阳有师资之尊，是仆与君奕世为通好也。"元礼及宾客莫不奇之。

太中大夫陈韪后至，人以其语语之。韪曰："小时了了，大未必佳。"文举曰："想君小时，必当了了。"韪大踧踖。

《世说新语·言语2-3》

注 孔文举：孔融，字文举。
清称：有声望的人。
中表亲戚：泛指亲戚。古代称父亲的姐妹所生子女为外兄弟姐妹，称母亲的兄弟姐妹所生子女为内兄弟姐妹，外为表，内为中，合称"中表"。
李府君：李膺担任过河南府尹，府君是

对府尹的尊称。
仆：谦称自己。
仲尼：孔子，字仲尼。
伯阳：老子，字伯阳。
奕世：累世，代代。
太中大夫：官员，主管议论政事。
踧踖（cù jí）：局促不安的样子。

而且，孔融长大后，也并没有如陈韪所说的"大未必佳"。在文学成就上，他跻身建安七子之列；在工作上，他做官做到了北海国国相（相当于市长）这样的职位；在人品上，他不愿依附图谋篡（cuàn）位的曹操，还多次嘲讽曹操的不当言行，最后被曹操杀害。

孔融被抓捕后，朝廷内外的官员们无不惶恐惧怕，生怕这样的灾祸哪一天会落到自己头上。

和官员们形成鲜明对比的是孔融的两个儿子。那一年，孔融的大儿子九岁，小儿子八岁。当曹操的手下到家里来抓人时，两个孩子像往常一样在院子里玩打钉子的游戏，没有一点儿惊慌害怕的神色。

为了能保住儿子的性命，一身硬骨头的孔融跟曹操派来的人说起了软话："我有罪我认，但希望罪过只加在我一人身上，能不能保全这两个孩子的性命？"

孔融被收，中外惶怖。时融儿大者九岁，小者八岁，二儿故琢钉戏，了无遽容。

融谓使者曰："冀罪止于身，二儿可得全不？"儿徐进曰："大人岂见覆巢之下，复有完卵乎？"寻亦收至。

《世说新语·言语2-5》

注　收：逮捕，拘禁。　　　　　　不：同"否"。
　　遽（jù）：惊慌。　　　　　　寻：不久。
　　冀：希望。

还没等那人回答，孔融的儿子便从容地对父亲缓缓说道："老爸，用不着跟他们说这些没用的。您见过倾覆的鸟窝里面还能有完好的鸟蛋吗？"果然，没过多久，两个孩子也被抓走了。

有一种说法认为，孔融的两个孩子本来是可以免于一死的，正是因为后来曹操听到了这句话，

才恼羞成怒，把这位大名士满门抄斩。

所以说曹操这个人不仅心眼儿多，心眼儿还小，死在他手里的聪明人可不止孔融和他的儿子们，下一个故事里我们就会读到。

世说小百科

葬礼上的驴叫声

除了孔融之外，建安七子里的另外六人是陈琳、王粲（càn）、徐干、阮瑀（yǔ）、应场（yáng）、刘桢，这个文学团体对诗、赋、散文的发展都做出了很大贡献，与"三曹"（曹操和儿子曹丕、曹植）一起，成为建安文学最重要的代表。

这七个人之所以能成功组团，是因为曹丕写的一篇《典论·论文》。在文章中，曹丕对他们给予了很高的评价。在生活中，曹丕也经常和他们聚在一起谈论诗文，交情很不错。

七人中的王粲被后人称为"七子之冠冕"，意思是七人中文学成就最高的。王粲字仲宣，他有一个很奇怪的爱好，就是喜欢听驴叫。当然了，再奇怪的爱好在个性张扬的魏晋时期，在奇葩荟萃的《世说新语》里，也算不上什么。不过王粲去世后，在他的葬礼上，还出现了一幅更加奇怪的场面。

后来被称为魏文帝的曹丕前来参加葬礼。等到下葬后，曹丕回头看看一起来的朋友们，提议说："王粲最喜欢听驴叫，大家可以都学一声驴叫来送他上路。"于是，葬礼上驴叫声此起彼伏。以这样荒诞可笑的方式来送别故人，也多半只有汉末魏晋时期这些不顾礼法的名士们才做得出来了。

王仲宣好驴鸣。既葬，文帝临其丧，顾语同游曰："王好驴鸣，可各作一声以送之。"赴客皆一作驴鸣。

《世说新语·伤逝17-1》

杨修

聪明过头
惹来杀身祸

　　曹操手下有个主簿名叫杨修。主簿这个职位主要负责一些文书工作，有时也为主管官员出出主意，大致相当于现在的秘书。

　　杨修出身于一个世代为官的家族，他爷爷的爷爷是历史上以为官清廉而著称的东汉名臣杨震。杨震曾经向朝廷举荐一个人当了县长，那人为了感谢杨震的知遇之恩，趁着夜晚给他送去十斤黄金，却被杨震严词拒绝。那人劝说道："这大晚上的，也没人知道，您就收下吧！"杨震却说："天知道，神知道，你知道，我也知道，怎么能说没人知道呢？"那人听后羞愧万分，带着金子灰溜溜地走了。这就是"暮夜却金"的典故。

　　这个典故还留下了一句"天知地知，你知我知"的俗语。不过这句俗语的含义已经和故事中要表达的意思大相径庭，现在我们通常会在嘱咐别人保守某个重要秘密时说这句话。

　　名门出身，加上本人聪明又有才学，杨修在工作上也是相当顺利，年纪轻轻就已经在执掌国家大权的曹操身边工作。作为下属，杨修能迅速领会领导的意图，办的很多事都符合领导的心意。但是过犹不及，很多时候，聪明过了头并不是件好事。

当时曹操已经成为东汉的丞相，并被朝廷封为魏王。在修建丞相府的大门时，工人们正在搭建大门屋顶上的椽（chuán）子，曹操出来察看工程进度。他在门边绕着看了一圈，也没说话，只让人在门上写了一个"活"字，就走了。

杨修看到后，二话不说就让工人把大门拆了。大家都不明白这到底是怎么回事。等门拆完后，杨修才跟大家解释说："'门'中加一个'活'字，就是'阔'字。魏王这是嫌门太大了呀，可不得拆了重建吗！"

　　杨德祖为魏武主簿，时作相国门，始构榱桷，魏武自出看，使人题门作"活"字，便去。

　　杨见，即令坏之。既竟，曰："'门'中'活'，'阔'字，王正嫌门大也。"

《世说新语·捷悟 11-1》

注　杨德祖：杨修，字德祖。　　　　时搭在屋顶上的方形木条。
构：搭建。　　　　　　　　　　竟：完毕，终了。
榱桷（cuī jué）：椽子，建房子

在门上写个"活"字，实际上是曹操给大家出了一个字谜，就看谁能第一个猜出答案。曹操很喜欢做这种猜字谜的游戏，游戏题也经常是信手拈来。有一次，有人给他送来一杯奶酪，曹操吃了一点儿，一道题马上浮现在脑海。于是，他拿过笔在杯盖上写了个"合"字，然后递给身边的人，让大家一个一个传着看。

小伙伴们一个个目瞪口呆，猜不透丞相大人是什么意思。一杯奶酪，有什么好看的呢？一个"合"字，又会藏着什么样的玄机呢？

在一片茫然无解的氛围中，奶酪传到了杨修手中。只见他揭开杯盖，吃了一口奶酪。众人大惊失色，丞相大人的奶酪，只说给大家看看，也没说让你尝尝啊。杨修却不慌不忙地指着"合"字，一字一顿地说："人、一、口，曹公的意思是让大家每人吃一口，这还有什么可怀疑的吗？"

人饷魏武一杯酪，魏武啖少许，盖头上题"合"字以示众。众莫能解。次至杨修，修便啖，曰："公教人啖一口也，复何疑？"

《世说新语·捷悟11-2》

注 饷（xiǎng）：赠送。　　　　　　啖（dàn）：吃。

　　这两次都是由曹操出题，杨修来猜。聪明过人的杨修几乎是不假思索，迅速轻松解谜。以他这样的聪明才智，如果和擅长出题的曹操一起做题，谁又能更胜一筹呢？

　　他们还真获得了一次这样正面比拼的机会。

　　在浙江绍兴的上虞（yú）县，东汉时出了一位很有名的孝女，名叫曹娥。她的父亲在端午节迎接潮神的祭祀仪式中不幸落水淹死了，曹娥沿着江边寻找父亲的遗体，一连找了很多天都没找到，悲伤不已的曹娥就跳江自杀了。

　　后来，当地的人们为了纪念这个女孩的孝行，为她立了一块碑，还请人写了一篇文采斐然的碑文。当时，曹娥和这篇《曹娥碑》名扬天下，引得很多人赶来凭吊。大文学家蔡邕（yōng）看过碑文后，在碑的背面写了八个字：黄绢幼妇，外孙齑臼（jī jiù）。这八个字可太奇怪了，没有人明白蔡邕到底是想表达什么。

曹操和杨修路过曹娥碑时，也来参观碑文。看到碑背面的八个字时，曹操也是一头雾水，他问杨修："你知道这是什么意思吗？"

没想到杨修一脸自信地点点头，言简意赅地说："我知道。"

曹操赶紧拦住他："你先别剧透，让我想一想。"

两人继续赶路，等走出三十里地后，曹操脑子里突然灵光一闪，他高兴地大喊道："我知道是什么意思了。"于是让杨修把他所理解的写下来。曹操也在另一张纸上写下自己的答案。

两人都写好后，曹操让杨修说说他理解的意思。杨修说道："黄绢，就是有颜色的丝，合起来是个'绝'字；幼妇，当然是少女啦，合起来是个'妙'字；外孙，是女儿的儿子，合起来是个'好'；齑臼，是用来受辛（装姜、蒜等辛辣物）的，合起来是一个'辤'（辞）字。连起来就是'绝妙好辞'，是在夸这篇碑文写得好啊！"

曹操把自己的答案展示出来，和杨修的一模一样。他不得不佩服地说："我的才思不如你啊，竟然比你差了三十里。"

魏武尝过曹娥碑下，杨修从。碑背上见题作"黄绢幼妇，外孙齑臼"八字，魏武谓修曰："解不？"答曰："解。"魏武曰："卿未可言，待我思之。"

行三十里，魏武乃曰："吾已得。"令修别记所知。修曰："黄绢，色丝也，于字为'绝'；幼妇，少女也，于字为'妙'；外孙，女子也，于字为'好'；齑臼，受辛也，于字为'辞'：所谓'绝妙好辞'也。"

魏武亦记之，与修同，乃叹曰："我才不及卿，乃觉三十里。"

《世说新语·捷悟11-3》

注 齑：捣成细末的腌菜。　　　　　　不：同"否"。
臼：捣碎食物、调料等东西的器具，　　觉：同"较"，相差。
用石头或木头制成。

35

当然啦，杨修作为曹氏集团董事长身边的高级秘书，他的聪明才智不可能只用在陪董事长猜字谜这种小儿科的事情上，为董事长出谋划策才是秘书的本职工作。

　　曹操准备讨伐袁绍时，派人打造各种武器装备，剩下来一批竹片，每片都只有几寸长。大家都说这些边角料也派不上什么用场，正要叫人烧掉。

　　曹操却在想该怎么把这些竹片利用起来。他想了好一阵，觉得可以把几条竹片拼起来做成盾牌。有了这个好主意后，曹操故意先不说出来，而是派人骑着马赶去问杨修。听来人说了竹片的事，杨修想都没想，直接跟那人说："这些竹片可以做成盾牌啊。"

　　这边，等把人派走后，曹操才跟大家说了自己的想法。很快，派去的人就回来了，把杨修的主意一说，和曹操想的竟然一模一样。在场的人都啧啧称赞："这个杨秘书真是了不得，不仅平时话说得漂亮，悟性还这么高。"

魏武征袁本初，治装，余有数十斛竹片，咸长数寸。众云并不堪用，正令烧除。

太祖思所以用之，谓可为竹椑楯，而未显其言。驰使问主簿杨德祖，应声答之，与帝心同。众伏其辩悟。

《世说新语·捷悟11-4》

注　袁本初：袁绍，字本初。

斛（hú）：古代的一种量器。南宋之前一斛为十斗，南宋时改为一斛五斗。

太祖：指曹操。曹丕称帝后，追尊曹操为太祖武皇帝。

椑楯（pí dùn）：椭圆形的盾牌。椑，椭圆形。楯，同"盾"，盾牌。

辩悟：能言善辩，悟性高。

有个成语叫"成也萧何，败也萧何"，是说一个人的成败都因为同一个人或同一事物。放到杨修身上，太过聪明就是杨修的"萧何"。杨修靠着自己的聪明赢得了曹操的赏识，同时也收获了曹操满满的羡慕嫉妒恨，甚至最终让自己丢了性命。

这些和老板比拼智力的过往，一桩桩一件件都被曹操记在了小本本上，只等着什么时候时机到来，新账旧账一起算。

在与刘备对峙的一场战争中，曹操传下了当天晚上的口令。古代军中的口令是一种用来识别敌我的口头暗号，免得有敌人混进来，有点儿像现在的动态密码、验证码。只不过现在的密码是时时更新，军中的口令通常是一天一换。

那天的口令是"鸡肋"。杨秘书从鸡肋骨吃上去没肉、扔了又可惜的特点中分析出，曹操是要放弃这场战争，打算撤兵了。于是，杨秘书回到自己部门，就让手下赶紧收拾行李，准备回家。果然，第二天曹操就下达了撤军的命令。

得知自己的小心思又一次被杨修拿捏得稳稳的，曹操大发雷霆，不久后就以泄露机密为名杀了杨修。

37

阮籍

超出礼法的
真性情

　　讲孔融的故事时，我们说到过东汉末年的文学天团建安七子。七子中的阮瑀是受曹操重用的一位文人。虽然他的存在感并不太强，但他有个名气很大的儿子，那就是来自魏晋时期另一个文学天团"竹林七贤"中的阮籍。

　　阮籍这人有三大爱好：喝酒、弹琴、长啸。长啸就是吹口哨、打呼哨，这也是很多魏晋名士的爱好。在竹林七贤中，阮籍长啸能排第一，弹琴只能排第二，而喝酒嘛，也有比他喝得更狠的。不过，喝酒不仅是阮籍的爱好，也是他的避难利器。

　　阮籍出生于东汉末年，成长于三国时期，等到他三十多岁时，曹家父子创立的曹魏政权已渐渐衰落，司马懿（yì）和儿子司马师、司马昭（zhāo）像当年的曹操一样，先后掌控了朝廷政权。

　　司马昭为了笼络人心，赢得名士们的支持，一心想和阮籍结成儿女亲家。为了躲避这场婚事，阮籍一连大醉六十天，让上门求亲的人根本没机会提这事，司马昭最后只好不了了之。

因为不想和司马家同流合污，阮籍连官都懒得做。不过有一次，他听说步兵校尉的职位空出来了，就主动要求去当。这是怎么回事呢？

> 步兵校尉缺，厨中有贮酒数百斛，阮籍乃求为步兵校尉。
>
> 《世说新语·任诞23-5》

原来，他听说步兵营的厨房里储存了几百斛酒，就是奔着这些酒去的，类似于现在有些热爱美食的同学要考清华大学，并不是因为清华大学名师众多，科研一流，而是听说清华大学食堂的伙食很好。

步兵校尉是统领皇家禁军的官员，不过并不直接执掌兵权，也就是说没什么具体工作可做。阮籍在这个职位上干了挺长时间，最大的收获除了那几百斛酒外，还收获了一个新名号：阮步兵。

阮籍这样的求职目的也是相当别具一格了。生活中的他正是这样一个个性独特、任性而为的人，一生放荡不羁爱自由，不走寻常路，不干寻常事，世俗的礼法规则全都不被他放在眼里。

有一次，阮籍的嫂子要回娘家，阮籍和她道别。有人嘲笑他不避男女之嫌，阮籍却满不在乎地说："礼岂为我辈设也？"礼法难道是为我这样的人设的吗？

> 阮籍嫂尝还家，籍见与别。或讥之，籍曰："礼岂为我辈设也？"
>
> 《世说新语·任诞23-7》

古代的礼法制度相当严格，男女有别，"嫂叔不通问"，嫂子和小叔子最好是别见面，如果不小心遇见了，那彼此间也不能打招呼。

早在战国时期，孟子就曾提出一个辩题：嫂子落到水里快要淹死了，小叔子能不能伸出手拉她一把？孟子虽然是讲究礼法的儒家学派代表人物，但他注重仁义，礼法制度也要活学活用，他认为看着嫂子溺水而不去施救，那就是豺狼禽兽。

但这个辩题的提出本身就能说明问题。放到现在，看到有人落水，别说是亲嫂子了，就是陌生人，人们也会去救，哪里会去管什么男女有别呢！而在古代社会，救还是不救却会成为一个要在全社会范围内掀起广泛讨论的大问题。

就是在这样的社会背景下，阮籍却能无视这些僵化死板的礼法规则，甚至说这些规矩可不是为我制定的，谁爱听谁听去。

阮籍邻居家开了个小酒店，那家的女主人长得很漂亮，亲自在酒垆（lú）边卖酒。阮籍经常和朋友王戎去她家喝酒，喝醉了就躺在女主人旁边。这样一来，她丈夫就开始怀疑了，心想，这家伙天天围在我媳妇儿旁边转，多半是想打我媳妇儿的主意吧！于是偷偷观察了一段时间，发现他只是来喝酒，喝醉了倒头就睡，并没有什么歪心思。

阮公邻家妇有美色，当垆酤酒。阮与王安丰常从妇饮酒，阮醉，便眠其妇侧。夫始殊疑之，伺察，终无他意。

《世说新语·任诞23-8》

注　阮公：阮籍。　　　　　　　　　王安丰：王戎，晋朝时被封为安丰侯，
　　垆：酒店里安放酒瓮的土台子，　也称"王安丰"。
　　也代指酒店。　　　　　　　　　殊疑：非常怀疑。
　　酤（gū）：卖。　　　　　　　　伺察：暗中观察。

这才是光明磊落、胸怀坦荡。爱美之心人皆有之，美好的人和事物大家都愿意接近，遇到长得好看的人，多看几眼也在情理之中，这比那些道貌岸然的伪君子强多了。

　　在封建社会，不仅在男女交往问题上有着
严格的规则约束，各种仪式上的礼仪流程也都是成龙配套。

　　阮籍三岁时父亲就去世了，母亲独自抚养他长大，他和母亲
的感情非常深厚。阮籍的母亲去世后，一个叫裴（péi）楷的朋友
前来吊唁（yàn）。阮籍喝醉了酒，正披头散发地叉开双腿坐在床
榻上。客人来吊唁，他也不按照礼制陪着一起哭。

　　裴楷走到阮母灵前，自己铺开席子跪下痛哭了一回就走了，
也丝毫没觉得自己被主人怠（dài）慢了。

　　后来有人问裴楷："凡是去吊唁，主人哭，客人才行礼。阮
籍都没哭，你为什么要哭呢？"

　　裴楷说："阮籍是世俗之外的人，所以不必尊崇世间的礼法
制度。我们是世俗之人，所以要用礼法来约束自己。"

　　阮步兵丧母，裴令公往吊之。阮方醉，散发坐床，箕踞不哭。裴至，
下席于地，哭吊唁毕，便去。

　　或问裴："凡吊，主人哭，客乃为礼。阮既不哭，君何为哭？"
裴曰："阮方外之人，故不崇礼制。我辈俗中人，故以仪轨自居。"
时人叹为两得其中。

《世说新语·任诞 23-11》

注 裴令公：裴楷，曾担任中书令。
箕踞（jī jù）：两脚前伸，两膝微曲地坐着，形状像簸箕。在古代，这是一种傲慢无礼的坐姿。

吊唁：祭奠死者，慰问其家属。
方外：超脱于礼教世俗之外。
仪轨：礼仪规范。
中：事理合适得当。

当时的人们对裴楷这个回答给予了相当高的评价，称他是"两得其中"。大概意思就是说，按照不同的要求，认为两人相反的表现都各有自己的道理，都很合适。

按我们现在的说法，这似乎有些"双标"的意思。为什么到了阮籍这里，双标却成了一件值得称赞的事呢？只能说，除了法律面前应该人人平等，在很多事情上，其实是没法做到用一个统一的标准来要求所有人的。老师会讲究因材施教，父母也会根据不同的性格特点来区别对待不同的孩子。

阮籍的母亲去世了，难道他不伤心吗？难道有孝心的人，真正伤心的人，就应该按照礼法制度规定的，收拾打扮好自己，端端正正地跪坐在灵堂里，来了客人就陪着哭一阵，客人走了就收起泪水吗？当然不是的。悲伤不可能有统一的格式。

阮籍当葬母，蒸一肥豚，饮酒二斗，然后临诀，直言："穷矣！"都得一号，因吐血，废顿良久。

《世说新语·任诞23-9》

注 当：将要。
豚（tún）：小猪。
临诀：指向遗体告别。

都：总共。
废顿：指精神萎靡，疲惫不堪。

按照礼法制度，父母去世时是不能喝酒吃肉的，阮籍照例不会把这些规矩放在眼里。母亲下葬时，他让人蒸了一头很肥的小猪，又喝了两斗酒，再去向母亲的遗体告别，只说了一句："穷啊！"然后大哭一声，口吐鲜血，因为悲伤过度，很久都没有缓过来。

据说，孝子在父母的丧礼上哭着喊"穷啊"是当时的一种习俗，但阮籍不一定是为了遵循礼法而说这样的套话。"穷"有穷尽、用尽的意思。阮籍的这一声悲叹里，包含了"母亲去世了，我什么都没有了"的无尽悲伤。

阮籍的这几个故事都出自《世说新语》的《任诞》篇。"任诞"是指任性、荒诞。这一篇里讲的都是魏晋名士不受传统礼法的束缚，做出一些在常人看来难以理解或是相当出格的事。而在任性放达的言行背后，反映出的却是主人公真实的性情。

 世说小百科

竹林七贤

阮籍是陈留郡（治所在今河南开封）人，他和谯（qiáo）国（治所在今安徽亳县）的嵇（jī）康、河内郡（治所在今河南沁阳）的山涛年纪都差不多，嵇康的年纪稍微小些。经常和他们聚在一起游戏玩耍的还有沛国（治所在今安徽濉溪）的刘伶、阮籍的侄子阮咸、河内郡的向秀、琅邪（láng yé）郡（治所在今山东诸城）的王戎。

据说，这七个人经常在竹林下聚会，毫无顾忌地开怀畅饮，所以人们称他们为"竹林七贤"。

竹林七贤是继建安七子之后的又一个文学团体。在文学创作上，阮籍写下了八十二首《咏怀诗》，抒发自己内心的苦闷，迂回曲折地表达对统治集团的不满。嵇康的代表作则是写给山涛的一封绝交信：《与山巨源绝交书》。向秀的《思旧赋》抒发了对已故好友嵇康和吕安的思念之情。

陈留阮籍、谯国嵇康、河内山涛三人，年皆相比，康年少亚之。预此契（qì）者，沛国刘伶、陈留阮咸、河内向秀、琅邪王戎。七人常集于竹林之下，肆意酣畅，故世谓竹林七贤。

《世说新语·任诞 23-1》

阮咸

放飞自我的
音乐人

阮籍的儿子叫阮浑。阮浑长大成人后，风格气度都很像他爸。阮浑也想像老爸一样过那种藐视一切、放荡不羁的生活。阮籍赶紧拦住儿子说："千万不要！仲容已经加入到我这个不羁团了，你就不要再学了。"

阮浑长成，风气韵度似父，亦欲作达。步兵曰："仲容已预之，卿不得复尔。"

《世说新语·任诞23-13》

阮籍所说的仲容，就是和他同列于竹林七贤中的侄子阮咸，仲容是阮咸的字。阮家是当时的名门望族，说起来阮籍、阮咸叔侄俩也算是豪门子弟，可是因为爱喝酒，又不屑于打理家业，就连班都不愿意好好上，所以这叔侄俩家里都很穷。

和古代很多大家族一样，阮氏家族的人都住在一起，阮籍和阮咸住在路南边，阮家其他的人都住在路北边。巧的是，住在路北边的都很富，住在路南边的都很穷。

古代有在七月初七晒衣服的习俗，据说在这天晒衣服、晒被子能消除毒气，防虫蛀。于是到了这天，路北边的阮家人大张旗鼓地抬出一大堆衣箱，把各种绫罗绸缎、毛皮大衣全翻出来在大太阳底下晒着。这种浩大的晒衣场面同时也带了些炫耀的意思，跟现在人们在朋友圈晒这晒那有些类似。

再看看路南边的阮咸，穷得总共也没几件衣服，能有什么可晒的呢？只见阮咸把一条粗布犊（dú）鼻裈（kūn）挂在竹竿上，也在院子里晒着。

裈指裤子，犊鼻就是小牛鼻子，是说这种裤子形状像牛鼻。犊鼻裈到底长什么样，有多种说法。有人说是一种没有裆的裤子，有人说相当于现在的大裤衩，也有人说是围裙。

能肯定的是，犊鼻裈是人们干杂活时穿的，既无法彰显贵族身份，更没法用来炫耀财富。而且就这么一条裤子，也用不着担心大量衣服堆在一起会受潮长霉、生虫子之类的。

所以别人看到后无法理解，问阮咸："你就这么一条难看的粗布裤子，还拿出来晒什么呢？"阮咸笑着说："**未能免俗，聊复尔耳。**"既然有这个习俗，我也不能免俗啊，总得晒点儿什么意思意思吧！成语"未能免俗"就出自这里。

阮仲容、步兵居道南，诸阮居道北。北阮皆富，南阮贫。

七月七日，北阮盛晒衣，皆纱罗锦绮。仲容以竿挂大布犊鼻裈于中庭。人或怪之，答曰："未能免俗，聊复尔耳。"

《世说新语·任诞23-10》

注 绮（qǐ）：丝织品。
大布：粗布。

聊复尔耳：姑且如此。指对某种事情表面应付一下。尔，如此。耳，而已，罢了。

阮咸精通音乐，特别擅长弹奏一种长颈琵琶。后来，这种乐器就以阮咸的名字命名，也叫"阮咸"，简称"阮"。

当时，有个高官名叫荀勖（xù），他还兼着朝廷里的音乐总监，负责校正乐器音准。每年正月初一的朝贺礼和其他重要的典礼上都会演奏音乐，大家听着乐音，都觉得相当和谐，只有阮咸有不同意见。

阮咸有着非常高的音乐鉴赏水平，这是被大家公认的。他就总觉得这乐音不协调，所以从来没有夸过荀勖一句。荀勖心里很不高兴，就把他调出朝廷，去外地工作了。

后来，有农民耕地时从地里挖出来一把周代的玉尺，这就是古代校定音准的标准尺。荀勖试着用这把玉尺来校正自己制作的那些钟鼓、金石、丝竹等乐器，发现全都短了那么一点点，这才对阮咸佩服得五体投地。

也许是玩音乐的人个性更加张扬，情感更加炽烈，在任性放达这一点上，阮咸比他叔叔阮籍有过之而无不及。

阮家的人都很能喝酒。阮咸和家族里的人聚会时，都懒得用普通的酒杯来倒酒喝酒，直接用大缸装上一缸，大家围着缸面对面坐成一圈，有的用手捧，有的用勺舀。

这时一群猪也跑过来喝酒，直接就把长鼻子伸到酒缸里去了，阮咸他们也不在意，人和猪就在同一口缸里喝酒。

诸阮皆能饮酒，仲容至宗人间共集，不复用常杯斟酌，以大瓮盛酒，围坐，相向大酌。时有群猪来饮，直接去上，便共饮之。

《世说新语·任诞23-12》

注 宗人：同族的人。
斟酌：倒酒，饮酒。

瓮（wèng）：一种盛水或酒等东西的陶器，腹部较大。

这幕场景，光是想想就觉得辣眼睛。不仅当时那些注重礼法的人完全无法接受，就连阮籍听说后都连连摇头：任性放纵没问题，但喝酒还是要注意饮食卫生啊！

阮咸做过的荒唐事可不少，有的事情即便是我们现在用相当包容的眼光去看，也是匪夷所思的。

阮咸原先很喜欢姑姑家的一个鲜卑族婢（bì）女。后来他母亲去世，他为母亲守丧时，姑姑要搬到很远的地方去住，开始是说要把这个婢女留给阮咸，但临出发时，不知为什么最后还是把婢女给带走了。

阮咸听到这个消息时，家里正好有客人来访，他借了客人骑来的驴，身上还穿着孝服就去追婢女。不久，两个人骑在一头驴上回来了。阮咸还得意扬扬地说："这传宗接代的人可不能丢！"

> 阮仲容先幸姑家鲜卑婢。及居母丧，姑当远移，初云当留婢，既发，定将去。
>
> 仲容借客驴，著重服，自追之。累骑而返，曰："人种不可失！"即遥集之母也。

《世说新语·任诞23-15》

注　幸：宠幸，宠爱。　　　　　　　重服：指父母去世时所穿的孝服。
　　鲜卑：中国古代北方少数民族名。　累骑：二人共骑。
　　定：终究，到底。　　　　　　　遥集：阮孚（fú），字遥集，阮咸
　　将去：带走。　　　　　　　　　的次子。

47

后来，这个婢女为阮咸生了一个儿子，名叫阮孚。

阮孚和他爹一样，也是一个性格旷达、放荡不羁的人。跟现在有些人喜欢收藏球鞋一样，阮孚喜欢收藏木屐（jī）。木屐是一种下面有齿的木头鞋子，是魏晋时很多名士都非常喜爱的时尚单品。

当时还有个人叫祖约，就是那个闻鸡起舞、中流击楫（jí）的祖逖（tì）的弟弟。祖约这个人也有个爱好，这个爱好就相当接地气了，他喜欢囤积钱财。

如果你也有什么业余爱好就会知道，太过沉迷于某个爱好，必然会花费很多时间和精力在上面，有时甚至会觉得这种爱好成了一种沉重的负担。

祖士少好财，阮遥集好屐，并恒自经营。同是一累，而未判其得失。

人有诣祖，见料视财物。客至，屏当未尽，余两小簏著背后，倾身障之，意未能平。

或有诣阮，见自吹火蜡屐，因叹曰："未知一生当著几量屐！"神色闲畅。于是胜负始分。

《世说新语·雅量 6-15》

注　祖士少：祖约，字士少。　　　　屏当：收拾，整理。
　　累：牵累，负担。　　　　　　　簏（lù）：竹箱。
　　料视：料理查看。　　　　　　　量：同"两"，双。

祖约和阮孚就是这样，而且他们通常都是亲自忙活这些事。当时的人们也没法根据他们各自的爱好来评定谁的品味更高，谁更有名士风范。

有一次，有人去拜访祖约，正好撞上他在清点财物。客人来时，祖约还没清点完，他赶紧把剩下的两个箱子藏到身后，然后很别扭地歪着身子挡住，整个人慌慌张张的，言谈举止都很不自然。

也有人没打招呼就去阮孚家看望他。当时，阮孚正自己吹着火熔化蜡液，给木屐上蜡，一边忙活还一边感叹说："也不知道人这一辈子能穿几双木屐！"自嘲木屐这种东西一辈子也穿不破几双，可对木屐的欲求却无休无止。他说这话时神色自若，悠然自得。

同样是对爱好的态度，一个藏着掖着，生怕别人知道，一个却怡然自得，还能在客人面前嘲笑自己的不知足。没有比较就没有伤害，从这两件小事上，人们就能判断出这两人的高下了。

魏晋时期的名士们喜欢聚在一起聊天，这还有个专门的词，叫作"清谈"。聊天的内容其实和现在街头大爷、村口大婶们的热门话题大同小异，除了谈论人生哲学、评点人物，还有一个很重要的内容就是"比"，把两个人放在一起比较，人品高低、性情优劣、文采风流、长相气质，什么都可以拿来比。

了解了这个文化背景，你就明白为什么祖约和阮孚两人的爱好大家也要拿来比一比了。

嵇康

最后再弹一曲《广陵散》

在品评人物之风盛行的魏晋时期，嵇康是那些眼毒嘴狠爱挑剔的名士们所公认的大帅哥。

他身高一米八，容貌出众，风度翩翩，放到现在也是标准的流量小生。看到他的人都忍不住赞叹："他风度潇洒严整，气质爽朗飘逸，清新脱俗。"还有人说："他苍劲有力，像穿过松林间的飒飒之风，高远而绵长。"

同为竹林七贤之一的山涛比嵇康大十九岁，是他的大叔级粉丝，他说："嵇康这个人，像一棵高大威武的孤松傲然独立；他喝醉的时候，像一座高峻倾斜的玉山快要崩塌。"

嵇康身长七尺八寸，风姿特秀。见者叹曰："萧萧肃肃，爽朗清举。"或云："肃肃如松下风，高而徐引。"

山公曰："嵇叔夜之为人也，岩岩若孤松之独立；其醉也，傀俄若玉山之将崩。"

《世说新语·容止 14-5》

注　山公：山涛。　　　　　　　　　岩岩：高大威武的样子。
　　嵇叔夜：嵇康，字叔夜。　　　　　傀（guī）俄：倾倒的样子。

即便在去世之后，嵇康的帅气仍是后人难以逾越的高峰。嵇康的儿子嵇绍长得也是一表人才。有人就对竹林七贤的另一位成员王戎说："嵇延祖**卓卓如野鹤之在鸡群**。"嵇绍长得可真帅！他站在人群中，就像一只仙鹤站在一群灰头土脸的鸡中一样。

这句话是不是看着很眼熟？没错，形容一个人比周围的人优秀一大截的成语"鹤立鸡群"就是从这里来的。

可王戎听过后，只是淡淡地回了一句："那你是没见过他爹。"

有人语王戎曰："嵇延祖卓卓如野鹤之在鸡群。"答曰："君未见其父耳。"

《世说新语·容止 14-11》

注　嵇延祖：嵇绍，字延祖。　　　　　卓卓：突出的样子。

嵇康没有入选中国古代四大美男子，很可能是因为才华盖过了美貌。他文能写诗作赋，武能挥锤打铁，弹奏古琴更是当时一绝。

他年轻时便娶了曹操的曾孙女为妻，并以皇亲国戚的身份当上了中散大夫。这是一个参与讨论国家政事的职位，大概相当于皇帝顾问团的成员。所以人们也称他为"嵇中散"。但嵇康不喜欢做官，他理想的生活是隐居山林，采药炼丹，弹琴作诗。后来司马家的人当权后，嵇康就辞去官职，过自己想要的隐居生活去了。

大将军司马昭想要高薪聘请他当自己的顾问，刚放出风来，嵇康就跑到外地躲了起来。后来，朋友山涛升职时，又向司马昭举荐嵇康就任自己原来的职位。嵇康不但不接受，不领情，还给山涛写了一封措辞极为严厉的绝交信，也就是那篇成为散文典范的《与山巨源绝交书》。这封信的中心思想就是：你不了解我，不配做我的朋友。同时清楚地表明自己绝不会在司马氏手下当官的态度。这当然让司马昭怀恨在心。

出身名门的钟会也是一位文武双全的优秀青年，富于才思，当时在司马氏手下担任重要官职。他一直把嵇康当偶像，但从没和他见过面。因为单独一个人不太敢去见偶像，于是他便约了一大帮青年才俊、社会名流，一起去拜访嵇康。

到他家时，嵇康正在大树下打铁，朋友向秀给他打下手，帮着拉风箱鼓风，锻烧铁块。浩浩荡荡来了一大帮人，嵇康就像没看到一样，也不跟他们打招呼，继续挥他的锤打他的铁。钟会在旁边站了很久，嵇康连半句话都没跟他说，场面一度相当尴尬。

钟士季精有才理，先不识嵇康，钟要于时贤俊之士，俱往寻康。

康方大树下锻，向子期为佐鼓排。康扬槌不辍，傍若无人，移时不交一言。

钟起去，康曰："何所闻而来？何所见而去？"钟曰："闻所闻而来，见所见而去。"

《世说新语·简傲24-3》

> 注　钟士季：钟会，字士季。　　　为佐：当助手。
> 　　精：极，甚。　　　　　　鼓排：拉风箱鼓风。
> 　　才理：才思。　　　　　　槌（chuí）：敲打东西的工具。
> 　　要（yāo）：同"邀"，约请。　不辍（chuò）：不停止。
> 　　向子期：向秀，字子期。　　移时：过了很长时间。

钟会感觉再待下去也只是多欣赏会儿传统纯手工冶炼锻造技艺，于是转身准备离开。这时，嵇康突然在身后问道："**何所闻而来？何所见而去？**"你听说了什么而来？看到了什么而去？

钟会心想：把我晾了这么久，竟然还要问我的感想！于是头也没回地回答说："**闻所闻而来，见所见而去。**"我听到了所听到的而来，看到了所看到的而去。

至此，钟会粉转黑。恨嵇康的人又多了一个。

嵇康最后的结局，和他的一位朋友有关。这位朋友叫吕安。嵇康和吕安关系很好，每当思念吕安时，不管有多远的路，哪怕是相隔千里，他都会驾着车前去探望。

后来，吕安去看望嵇康，他正好不在家，他哥哥嵇喜出门来迎接。嵇喜和嵇康虽然是亲哥儿俩，但两人性格很不一样。嵇喜在司马氏手下打工，热衷于追逐名利，当时的名士都瞧不上他。

嵇康的朋友阮籍就不喜欢他。阮籍的母亲去世时，嵇喜去吊唁，阮籍就用白眼冲他。等到嵇康带着琴和酒来时，阮籍非常高兴，便以青眼相待。白眼、青眼是指白眼珠和黑眼珠，阮籍的青白眼典故就是从这儿来的。

吕安也不喜欢嵇喜，见嵇康不在，他连门都没进，只在门上写了个"鳳"（凤）字就走了。嵇喜没明白其中的深意，还以为吕安夸自己是人中龙凤。其实啊，吕安并不是在夸他。"凤"的繁体字拆开来就是"凡鸟"，他是在嘲讽嵇喜是只粗俗不堪的凡鸟。

嵇康与吕安善，每一相思，千里命驾。

安后来，值康不在，喜出户延之，不入，题门上作"凤"字而去。喜不觉，犹以为欣，故作。"凤"字，凡鸟也。

《世说新语·简傲24-4》

注 命驾：命人驾车。也指驾车前往。　　　　延：邀请，迎接。

喜欢玩拆字游戏的吕安后来被自己的亲哥哥诬告对母亲不孝。嵇康仗义执言帮朋友说话，却被早就看他不顺眼的司马昭抓了起来。这时，钟会又火上浇油，向司马昭说嵇康的坏话。于是，嵇康和吕安一起被判处死刑。

当时，有三千名太学生集体向朝廷上书，请求赦免嵇康，让他到太学当老师，司马昭没有答应。

嵇中散临刑东市，神色不变，索琴弹之，奏《广陵散》。曲终，曰："袁孝尼尝请学此散，吾靳固不与，《广陵散》于今绝矣！"太学生三千人上书，请以为师，不许。文王亦寻悔焉。

《世说新语·雅量 6-2》

注　东市：汉代在长安东市处决判死刑的人，后来用东市代指刑场。
袁孝尼：袁准，字孝尼。当时名士，和嵇康、阮籍等人来往较多。
靳（jìn）固：吝惜固执。

太学生：朝廷所设最高学府的学生。
文王：指司马昭，谥（shì）号文王。谥号是古代帝王或高官死后，朝廷按其生平事迹所给予的称号。
寻：随后，不久。

行刑那天，嵇康被带到刑场上，依然神色不变。他叫人拿来琴，弹奏起了他最拿手的《广陵散（sǎn）》。

一曲弹毕，他抚摸着琴弦，满怀遗憾地说："袁孝尼曾经请求跟我学习弹奏这首曲子，当时我舍不得，没教给他。可惜啊，《广陵散》从今以后就要失传了！"说完之后从容赴死，时年三十九岁。

没过多久，司马昭也后悔杀了他。

《广陵散》并没有失传

《广陵散》是我国古代非常著名的一首大型琴曲，与《高山流水》《梅花三弄》《阳关三叠》《阳春白雪》等琴曲合称为"中国十大古琴曲"。

《广陵散》又名《聂政刺韩王曲》，大约产生于汉代，最早流行于古代名为"广陵"的江苏扬州一带。这首曲子描写了战国时代的聂政为报杀父之仇，刺杀了韩王，然后自杀的悲壮故事。全曲中贯穿了一种慷慨激昂的浩然之气。

古代的琴谱就像武林秘籍一样，拥有者都会当宝贝一样收藏起来，轻易不会给别人看。据说，擅长弹奏古琴的嵇康通过一个非常偶然的机会得到了这份琴谱，很多人想跟他学，他都舍不得教。所以临刑前他非常后悔，以为因为自己的小私心，这首珍贵的古琴曲就要失传了。不过，嵇康得到的这份琴谱可能并不是绝世孤版，《广陵散》还是幸运地通过其他人保留的曲谱或是琴师间的口耳相传流传下来，并且一直流传到了今天。

我们现在能看到的最早的《广陵散》曲谱，收录在明太祖朱元璋的儿子朱权编撰的古琴谱集《神奇秘谱》中。

钟会

吓得
不敢出汗

　　上篇中说过，带着名士团去拜访嵇康却碰了一鼻子灰，后来便拼命在司马昭耳边说他的坏话，最后置嵇康于死地的钟会，原本是嵇康的粉丝。

　　他年轻时，写了一本名为《四本论》的书。书刚写完，他就急着想请嵇康看一看，给点评点评。

　　这天，钟会把书稿揣在怀里，来到嵇康家门口。可这时他又开始犹豫了，生怕自己写得不好，会被偶像当面质问驳斥。于是，他从门外把书稿远远地扔了进去，然后转过身一溜烟跑没了影。

　　钟会撰《四本论》始毕，甚欲使嵇公一见。置怀中，既定，畏其难，怀不敢出，于户外遥掷，便回急走。

《世说新语·文学4-5》

注　嵇公：嵇康。　　　　　难（nàn）：诘（jié）责，质问。

在偶像面前毫无自信的钟会，其实来头也不小。他是魏朝重臣、大书法家钟繇（yáo）的儿子，二十岁时正式参加工作，在职场上平步青云，后来成为司马氏手下的得力干将，多次随军出征，屡出奇策。

钟会有个哥哥叫钟毓（yù），兄弟俩从小就以博学多闻、能言善辩而著称。钟毓十三岁那年，魏文帝曹丕听说了小哥儿俩，就对他们的父亲钟繇说："把你的两个儿子叫来让我见见吧。"

两兄弟进了宫，到了曹丕面前，钟毓紧张得满头大汗，曹丕问他："你的脸上怎么出了这么多汗？"钟毓说："**战战惶惶，汗出如浆。**"我胆战心惊，惶恐不安，所以汗流得像水浆一样。

曹丕又看看钟会，这小子倒是一滴汗都没有，就问他："你怎么不出汗呢？"钟会回答说："**战战栗栗，汗不敢出。**"我胆战心惊，惊栗恐惧，连汗都不敢出了。

钟毓、钟会少有令誉，年十三，魏文帝闻之，语其父钟繇曰："可令二子来。"于是敕见。

毓面有汗，帝曰："卿面何以汗？"毓对曰："战战惶惶，汗出如浆。"

复问会："卿何以不汗？"对曰："战战栗栗，汗不敢出。"

《世说新语·言语 2-11》

注　令誉：美好的声誉。　　　　　敕（chì）：皇帝的诏令。

吓得连汗都不敢出，似乎并没有什么科学依据。我们都知道，人在紧张害怕的时候会不由自主地冒冷汗，这可不是自己敢不敢出汗的事儿。钟会不出汗，多半是因为他的心理素质比他哥好，第一次见皇帝也毫无压力。但既然皇帝问起，他也不能不给人家面子，直接说自己一点儿都不害怕，于是就顺着他哥的话，来了句"汗不敢出"。

从兄弟俩的表现和应对中也能看出两人性格的不同。钟毓机智但性格朴实，钟会的聪明中则带了些油滑。这种差异从下面这个故事中也能看出来。

他俩小的时候，有一次趁着老爸午睡，一起偷老爸的药酒喝。当时钟繇正好醒了，他想看看这俩小子背地里是怎么喝酒的，于是假装还在睡觉，眯着眼睛观察。只见钟毓先规规矩矩地拜了几拜，然后再喝酒；钟会却只喝酒，也不拜。

钟毓兄弟小时，值父昼寝，因共偷服药酒。其父时觉，且托寐以观之。毓拜而后饮，会饮而不拜。

既而问毓何以拜，毓曰："酒以成礼，不敢不拜。"又问会何以不拜，会曰："偷本非礼，所以不拜。"

《世说新语·言语2-12》

注　觉：醒来。　　　　　　　　　　托寐（mèi）：假装睡着。

后来，钟繇就问钟毓喝酒前为什么要拜，钟毓回答说："喝酒是用来完成礼仪的，不敢不拜。"

"酒以成礼"这句话出自《左传》，是指在祭祀、庆典等活动中，喝酒是完成整套仪式的重要环节。钟毓偷喝酒时，认为自己也是在进行一场礼仪活动，所以要先行拜礼，再喝酒。

孩子偷酒喝还能引经据典，合乎礼仪地办事，钟繇听了很欣慰。然后他又问钟会为什么不拜，钟会说："偷酒喝，本来就是不合乎礼的，还拜什么呢。"

长大后的钟会依然很好地保持了伶牙俐齿、机智应对这一特长，从他回应嵇康的一句"闻所闻而来，见所见而去"就能看出来。不仅是在面对被称为竹林七贤精神领袖的嵇康时不落下风，在和自己的顶头上司言语交锋时，钟会也不会让对方占到丝毫便宜。

有一次，司马昭带着陈骞（qiān）和陈泰两人，坐着豪华跑车出去玩。经过钟会家时，司马昭叫他上车一起去玩耍，可是叫过之后也没等他，直接就把车开走了。等钟会换好衣服出门时，车已经开出去老远。

钟会赶到后，司马昭还带着小伙伴们一起嘲笑他说："跟人约好一起走，你咋迟迟不出来呢？我们等你等得花儿都谢了，你却**遥遥**不至。"

这里有这样一个文化背景。在古代，说对方长辈的名字是非常不礼貌的行为，哪怕是同音字也不行。钟会他爹叫钟繇，司马昭就偏要说个"遥遥不至"。你们说钟会能忍吗？哼！你们强加给我的，我都会给你们加倍还回去。于是钟会说道："**矫然懿实**，何必同**群**。"一个强健挺拔、美好诚实的人，何必非得和大家一起走。

我们知道，司马昭的老爸就是司马懿。陈骞他爸叫陈矫。陈泰他爸叫陈群。陈群这个人你还有印象吗？我们在讲陈寔的故事时说到过，他是陈寔的孙子。陈寔也就是陈泰的曾祖父。

钟会这一句话，把司马昭他们仨各自的老爹名字全都提到了，还免费赠送了陈泰的曾祖父陈老爷子。

晋文帝与二陈共车，过唤钟会同载，即驶车委去。比出，已远。

既至，因嘲之曰："与人期行，何以迟迟？望卿遥遥不至。"

会答曰："矫然懿实，何必同群。"

帝复问会："皋繇何如人？"答曰："上不及尧、舜，下不逮周、孔，亦一时之懿士。"

《世说新语·排调25-2》

注　晋文帝：司马昭。　　　　　　懿实：美好诚实。
二陈：指陈骞、陈泰。　　　　皋（gāo）繇：即皋陶（yáo），相传为尧舜时人。
委去：抛弃，丢弃。　　　　　逮（dài）：到，及。
矫然：强健挺拔的样子。　　　懿士：有美德的人。

司马昭一听，哎呀，不行啊，我和小伙伴们输了啊！我只用了同音字，你都直接叫我爹的名了。不行，绝对不能输！再来场加时赛。

他在脑子里使劲儿想：哪儿能有钟繇的繇这个生僻字呢？

哈，终于想到一个！于是他就问钟会："你说，皋繇是个什么样的人呢？"皋繇是传说中舜帝时掌管刑法的官员，以正直闻名天下。

这种问题哪能难倒钟会，只听他张口就来："往高了说赶不上尧帝和舜帝，往低了说比不上周公和孔子，但也是当时的懿德之士。"

不过，即便钟会这么机智能言，后来却栽在了自己外甥手里。只能说长江后浪推前浪，青出于蓝胜于蓝。

钟会有个外甥叫荀勖，就是讲阮咸的故事时说到过的朝廷音乐总监。荀勖很小的时候父亲就死了，他其实是在舅舅家长大的，但他和这个舅舅向来就处不好，谁都看不上谁。

荀勖有一把价值百万的宝剑，平时放在他妈也就是钟会的堂姐妹钟夫人那里。钟会作为大书法家的儿子，也擅长书法，不仅字写得好，还能模仿别人的笔迹。他模仿荀勖的笔迹写了封信，让人带着信去钟夫人那里取宝剑，就这样把宝剑给骗走了。荀勖一想就知道这事儿肯定是钟会干的，可是也没法要回来，就想办法报复他。

钟会是荀济北从舅，二人情好不协。

荀有宝剑，可直百万，常在母钟夫人许。会善书，学荀手迹，作书与母取剑，仍窃去不还。荀勖知是钟而无由得也，思所以报之。

后钟兄弟以千万起一宅，始成，甚精丽，未得移住。荀极善画，乃潜往画钟门堂，作太傅形象，衣冠状貌如平生。二钟入门，便大感恸，宅遂空废。

《世说新语·巧艺21-4》

注　荀济北：荀勖，西晋建立后被封为济北郡公。
从舅：母亲的叔伯兄弟。
情好：交情，友谊。
不协：不和睦。

直：同"值"，价值。
仍：就，于是。
门堂：门和厅堂，指家里。
太傅：指钟繇，担任过魏朝太傅。
感恸（tòng）：感伤悲痛。

后来，钟家兄弟花费千万修建了一所豪华宅院，刚刚建好装修完，还在晾味儿呢，没有搬进去住。荀勖不仅精通音乐，画画也很拿手，他偷偷跑到钟会的新居里画上钟繇的像。当时，钟繇已经去世多年。荀勖画的这幅像栩栩如生，衣冠容貌都和钟繇生前一模一样，仿佛下一刻就要从墙上走下来。钟会和哥哥钟毓进门看到老爹的画像，哀伤悲痛得不能自已，根本没法在里面住，这座华美的宅院就这样荒废了。

当年你骗走我百万宝剑，现在我废你千万豪宅，这个外甥也是够狠的了。

后来，钟会作为魏国主将率军灭亡蜀国后，生出谋反之心，想要占据蜀地自立为王。一向信任和赏识钟会的司马昭不相信他会谋反，荀勖第一时间站出来说："钟会可不是那种知恩报恩的人，还是要早做防备。"

第二年，钟会被手下的士兵杀死，钟会之乱被平定。荀勖则深受司马家族的重用，后来成为西晋的开国功臣。

山涛

才气不足，
用气度来补

　　竹林七贤之中，阮籍以青白眼看人、酒吧畅饮醉卧老板娘之侧、亲妈葬礼上滴泪不洒狂吃蒸乳猪等事件频频上热搜，阮咸以晒衣节晾裤衩、命名中国传统乐器阮而留名史册，嵇康树下打铁、刑场弹琴也成为历史名场面……而山涛最出名的一件事，可能就是嵇康给他写了封绝交信。

　　其实，嵇康写这封绝交信很有些隔山打牛的意思，明面上是要和山涛绝交，实际上是要表达与司马家族拒不合作的态度。信虽然写了，而且火爆当时、流传千古，但嵇康与山涛似乎并没有绝交。嵇康被处死那年，他的一双儿女还没成年，临刑之前，他把孩子托付给了山涛。

　　七贤之中，山涛的年纪最大，名气却远没有嵇康和阮籍大。论才学，他没法和这两位相比。但能在文学天团中占据一席之地，山涛当然也有自己的过人之处。

当年，山涛和嵇康、阮籍一见如故，情意相投，就连山涛的妻子韩氏都发现丈夫和这两人的交情很不一般，她就问山涛："你和这两个人的关系也太好了吧，以前都没见过你和其他人来往这么亲热。"山涛说："现在我能当成是真朋友的，就只有这两位先生了。"

他妻子说："原来是这样啊！你交的是啥样的朋友我也想了解一下。当年僖（xī）负羁的妻子曾经亲自观察过狐偃（yǎn）和赵衰（cuī），我也想偷偷看看你的朋友，可以吗？"

韩氏说的僖负羁是春秋时期曹国的大夫。当时，晋国的公子重耳为了躲避国内的政治斗争，逃出晋国，在多个国家之间颠沛流离，狐偃、赵衰等人一直忠心耿耿地跟随着他。到了曹国，曹国的君主曹共公很瞧不上重耳这个落魄公子，还偷看人家洗澡，想看看他的肋骨是不是真像传闻中说的那样长成一整片的。大夫僖负羁极力劝说曹共公对重耳以礼相待，但曹共公完全听不进去，心想这么个在外逃亡多年、年纪一大把的公子，还能有什么出头之日。

僖负羁的妻子暗地里观察了狐偃和赵衰，认为他们都是能当国相的人。如果重耳能重用他们，将来一定能回到晋国当上国君，称霸诸侯。妻子便劝僖负羁私下里好好款待重耳。果然，后来重耳回到晋国当上了国君，他就是春秋五霸中的晋文公。晋文公率军攻打曹国时，特意下令不能攻击僖负羁一家，以报答当年的礼遇之恩。

山涛的妻子借用这个典故，也是想提醒丈夫不要小瞧女人的眼力和见识，丈夫这么推崇的朋友，自己也想亲眼看看是不是真正的非凡之才。

山公与嵇、阮一面，契若金兰。山妻韩氏觉公与二人异于常交，问公，公曰："我当年可以为友者，唯此二生耳。"妻曰："负羁之妻亦亲观狐、赵，意欲窥之，可乎？"

　　他日，二人来，妻劝公止之宿，具酒肉。夜穿墉以视之，达旦忘反。公入曰："二人何如？"妻曰："君才致殊不如，正当以识度相友耳。"公曰："伊辈亦常以我度为胜。"

《世说新语·贤媛19-11》

注　契若金兰：形容彼此相投，友谊深厚。　　　才致：才气，才情。
　　当年：指现在。　　　　　　　　　　　　　识度：见识气度。
　　窥：暗中观察。　　　　　　　　　　　　　伊辈：他们。
　　墉（yōng）：墙。

　　有一天，嵇康和阮籍两人来了，山涛的妻子就劝山涛留他们在家里过夜，还准备了好酒好肉。到了晚上，山涛和两位朋友边吃边喝边聊，韩氏就在隔壁房间的墙上挖了个洞来偷看他们。这一看就看了个通宵，一直看到天亮，都忘了回卧室去睡觉。直到

山涛进来问："我这两个朋友怎么样？"他妻子说："要论才华，你跟他们差了十万八千里。你能和他们交上朋友，也只能是靠你的见识和气度了。"山涛自豪地说："他们也认为我的气度胜人一筹。"

这可不是山涛的错觉，在朋友们当中，他的确就是靠气度取胜的。他的另一位好友王戎曾这样评价他："他就像没有经过雕琢打磨的璞（pú）玉、没有被冶炼提纯的金子一样，真实质朴。人人都敬重他是宝物，但就是没法用言语来形容他的气度。"

王戎目山巨源："如璞玉浑金，人皆钦其宝，莫知名其器。"

《世说新语·赏誉 8-10》

注 目：评价，评论。
山巨源：山涛，字巨源。
璞玉浑金：未经雕琢的玉，未经冶炼的金，比喻人品真诚质朴。
器：度量。

山涛的见识和气度具体表现在他有着包容的胸怀、深刻的洞见、识人用人的好眼力。当年嵇康和他绝交的事情虽然闹得满城风雨，但嵇康心里知道，这仍然是一位值得信任与托付的朋友。临死前，他对儿子嵇绍说："只要有你山伯伯在，你就不是孤儿。"

嵇绍长到二十多岁时，山涛举荐他当秘书丞，也就是皇家图书馆的管理员。待业多年的嵇绍听说后，非常不安。

这时已经是西晋时期。司马昭死后，他的儿子司马炎便取代了曹家的魏朝，建立了晋朝。老爸嵇康是被司马昭杀掉的，自己出来为司马家工作，对老爸是不是不孝？另一方面，如果说老爸有罪，那自己就是罪犯的儿子，以这样的身份走进职场，会不会被同事排挤，遭老板报复？

到底是出来做官，还是在家做个闲散人员，这是一个难题。于是，嵇绍就来请教山涛。

嵇康被诛后，山公举康子绍为秘书丞。绍咨公出处，公曰："为君思之久矣。天地四时，犹有消息，而况人乎！"

《世说新语·政事3-8》

注 出处：进或退，指出仕或隐退。
消息：指生与灭，盛与衰。消，消减。息，增长。

山涛说："你的这个情况啊，我已经为你考虑很久了。天地之间有生有灭，一年四季寒来暑往，一切都是发展变化的，更何况人呢！你就放心大胆地出来工作吧。"

嵇绍接受了山涛的建议，入朝任职，后来多次升迁。在晋朝皇族争夺权力的八王之乱中，嵇绍为了保护晋惠帝，被乱军杀死，成为历史上著名的忠臣典范。

山涛前后两次担任负责选拔官员的吏部官职，几乎考察遍了朝廷内外百官，他举荐的人没有一个不合适的，凡是他评论过的人，都像他所说的那样。

其中只有一个叫陆亮的，这人是皇帝直接下诏选用的，山涛却有不同意见，还为这事跟皇帝争论过，皇帝没听他的。不久之后，陆亮就因为受贿（huì）而被撤职。

山司徒前后选，殆周遍百官，举无失才，凡所题目，皆如其言。
唯用陆亮，是诏所用，与公意异，争之，不从。亮亦寻为贿败。

《世说新语·政事3-7》

注 山司徒：山涛，曾担任司徒。　　　　　殆（dài）：几乎，差不多。
选：选拔官员。　　　　　　　　　　题目：评论人物，定其高下。

因为工作做得实在是太出色了，到了晚年，山涛打了几十次辞职报告都没被批准。也许是宽广的胸怀有益于身心健康，在魏晋众多名士中，山涛的寿命算是相当长的。他出生于东汉末年，活过了整个魏朝时期，又在西晋生活了十八年，活到了七十九岁，一直工作到七十八岁才退休。

刘伶

天地当房子，房子当裤子

　　魏晋时期，爱喝酒几乎成为名士们的标配。当时，国家长期处于分裂状态，社会动荡不安，朝廷里权力纷争，很多文人要么借酒浇愁，要么以酒避祸，要么是单纯地爱喝酒。总之，喝酒成为当时的风尚。

　　竹林七贤个个都爱喝酒，但其中喝得登峰造极的非刘伶莫属。如果说其他人是爱酒如命，刘伶则是喝起酒来不要命。

　　刘伶常常坐一辆鹿拉的车，带着一大壶酒，让仆人扛把锹跟在后面。他边喝边对仆人说："我要是醉死了，也不用费劲把我拖回去，就在路边挖个坑把我埋了。"

　　刘伶这么玩命地喝酒，他妻子当然不会不管，经常劝他戒酒，可刘伶哪里会听。

　　有一次，因为酒喝得太多，刘伶觉得很难受，口干舌燥。正常人到了这会儿，都会要水喝，刘伶不一样，他找妻子要酒喝，以毒攻毒，以酒解酒。

妻子一听，又生气又心疼，把他的酒全都倒掉了，装酒的坛子杯子也给砸了，哭着劝他说："你喝酒喝得太多了，这可不是养生之道啊，必须把酒给戒了！"

刘伶说："这个主意简直是太棒了，我怎么没想到呢？可是我这个人吧，自律性不太好，光靠我自己戒可戒不了。我得在鬼神面前祷告，痛下决心，发誓戒酒，请他们帮我做见证，鼓励我，监督我。你快去帮我准备祭神要用的酒肉吧。"

妻子一听他这么干脆就答应戒酒，高兴坏了："好嘞，按您吩咐的去做。"很快就准备好了酒和肉供在神位前，再请刘伶去祷告发誓。

只见刘伶在供桌前跪下说："老天生下我刘伶，酒就是我的命，一次喝一斛，五斗能解酒。女人的话啊，千万不要听！"说完就开始喝酒吃肉，不一会儿就醉得不省人事了。

刘伶病酒，渴甚，从妇求酒。

妇捐酒毁器，涕泣谏曰："君饮太过，非摄生之道，必宜断之！"伶曰："甚善。我不能自禁，唯当祝鬼神，自誓断之耳。便可具酒肉。"妇曰："敬闻命。"供酒肉于神前，请伶祝誓。

伶跪而祝曰："天生刘伶，以酒为名，一饮一斛，五斗解酲。妇人之言，慎不可听！"便引酒进肉，隗然已醉矣。

《世说新语·任诞23-3》

注　病酒：过量饮酒引起的身体不适。　　　　名：同"命"。
　　捐：丢弃。　　　　　　　　　　　　　　酲（chéng）：醉酒后神志模糊的状态。
　　摄生：保养身体。　　　　　　　　　　　隗（wěi）然：醉倒的样子。
　　祝：向鬼神祷告。

不是女人的话不能听，而是酒鬼的话半句都不能信。刘伶的妻子真是太天真了，想想看，往一个酒鬼面前摆上酒肉还能有什么别的结果呢？

人们喝醉酒之后的反应千奇百怪、花样百出。有的人喝醉后倒头就睡，有的人喝多了话特别多，随便拉个人就跟人家掏心掏肺地聊天，还有的人满口大话，啥牛皮都能吹。

刘伶喝醉后，更加纵情任性，有时还会把自己脱个精光，赤身裸体地待在屋子里。有一次几个人去他家，正好撞见了，嘲笑他不顾礼仪，有失体统。刘伶却瞪着眼睛对他们说："我把天地当成房子，把房子当成裤子。各位先生，你们为什么要跑到我裤子里来？"

刘伶恒纵酒放达，或脱衣裸形在屋中。人见讥之，伶曰："我以天地为栋宇，屋室为裈衣，诸君何为入我裈中？"

《世说新语·任诞23-6》

注　栋宇：房屋。

刘伶说的虽然是醉话，却非常新奇生动。想象一个巨人站立

于天地之间，天地之广，只够当他的屋子；遮风挡雨的屋子，却只是他蔽体的衣衫。能说出这话的人，不光有着奇幻的想象，也必定有着阔大的胸怀，超越世俗的不凡眼界。

刘伶并不是巨人，恰恰相反，他身高不到一米四，长相丑陋。因为常年醉酒，一脸憔悴，走起路来飘飘忽忽的，整个人像泥土木头一般质朴无华。

> 刘伶身长六尺，貌甚丑悴，而悠悠忽忽，土木形骸。
>
> 《世说新语·容止 14-13》

注 丑悴：丑陋憔悴。　　　　　　　　形骸：指人的身体躯壳。

但他不光能超越自己的形体，甚至超脱于身处的时空。在代表作《酒德颂》中，刘伶这样描述自己：

> 有大人先生，以天地为一朝，以万期为须臾，日月为扃牖，八荒为庭衢。行无辙迹，居无室庐，幕天席地，纵意所如。止则操卮执觚，动则挈榼提壶，唯酒是务，焉知其余？

注　万期（jī）：万年。期，一周年。　　　　卮（zhī）：古代盛酒的器皿。

须臾：一会儿。　　　　　　　　　　　　觚（gū）：古代一种盛酒的器具，大喇

扃牖（jiōng yǒu）：门窗。扃，　　　　　　叭形口，细腰，底部呈小喇叭形。

门。牖，窗。　　　　　　　　　　　　　契（qiè）：提。

庭衢（qú）：指庭院。衢，路。　　　　　榼（kē）：古代盛酒或水的器具。

有这样一位大人先生，他把开天辟地以来的漫长时光当成一个早晨，他把一万年当成一会儿工夫，把太阳和月亮当成他家房子的门和窗，把辽阔的大地当成他家的庭院。他经过的地方不会留下车轮的痕迹，他居住的地方没有房屋居舍，他以天空为帐幕，以大地为卧席，他想要怎样就怎样。停下时，他便会举起酒杯；走动时，他也要提着酒壶。他只把喝酒当成唯一重要的事，又怎么会去管酒以外的事呢？

广阔的时空在他看来都只不过如此，世俗名利又哪会被他放在眼里呢？

和竹林七贤中的其他一些人一样，刘伶也是春秋战国时期老子、庄子的铁杆粉丝，他追求自由自在的生活，在政治上主张无为而治。无为而治就是说国家用不着刻意去管理百姓，百姓自己就能管理好自己。

西晋刚建立时，刘伶去考公务员，晋武帝司马炎亲自面试，刘伶就反反复复说他的无为而治，司马炎很不高兴：既然不用管理，还招你来干什么！于是对他说了句："回去等通知吧！"

直到第二年，朝廷的入职通知才发过来，却被刘伶果断拒绝："对不起，我已经不想上班了。"

就这样，刘伶再也没出来做官，在纵情畅饮中度过了他与世无争、自由自在的一生。

不挑酒友的刘公荣

刘伶有个老乡叫刘昶（chǎng），字公荣，也以爱喝酒出名。不过刘公荣最出名的是他的一套喝酒理论。

他喝酒不挑酒友，跟什么人都能喝到一起去。有人嘲笑他，他却说：“酒量比我好的，不能不和他喝；酒量不如我的，也不能不和他喝；酒量跟我差不多的，更不能不和他喝了。”于是他整天都在跟人喝酒，天天都喝得酩酊（mǐng dǐng）大醉。

王戎二十多岁时去拜访阮籍，当时刘公荣也在。阮籍对王戎说：“我正好弄到了两斗好酒，咱俩一起喝，不给那个刘公荣喝。”于是两人推杯换盏，喝得热闹，刘公荣真的一杯都没喝到。不过三个人仍在一起交谈玩笑，刘公荣也没有因遭受不公平待遇而不高兴。

有人问阮籍为什么这样做，阮籍套用刘公荣的话说：“酒量比公荣好的，我不能不和他一起喝酒；酒量不如公荣的，我不能不和他一起喝酒；只有公荣这个人，可以不和他一起喝酒。”

原来，阮籍铺垫了这么多，只为借用刘公荣的这句喝酒名言跟他开个小小的玩笑。

刘公荣与人饮酒，杂秽（huì）非类。人或讥之，答曰：“胜公荣者，不可不与饮；不如公荣者，亦不可不与饮；是公荣辈者，又不可不与饮。”故终日共饮而醉。

《世说新语·任诞23-4》

王戎弱冠诣阮籍，时刘公荣在坐。阮谓王曰：“偶有二斗美酒，当与君共饮，彼公荣者无预焉。”二人交觞（shāng）酬酢（zuò），公荣遂不得一杯，而言语谈戏，三人无异。或有问之者，阮答曰：“胜公荣者，不得不与饮酒；不如公荣者，不可不与饮酒；唯公荣，可不与饮酒。”

《世说新语·简傲24-2》

王戎

魏晋
第一吝啬鬼

　　竹林七贤中年龄最小的王戎出身于名门望族，后来官也做得很大，但在七人小团体中，他却不太招人待见。因为在名士们眼中，家庭出身、职位高低都算不得什么，一个人的品性才是最重要的。大家都觉得，王戎这个人太俗气。

　　有一次，嵇康、阮籍、山涛、刘伶在竹林里喝酒，正喝得高兴呢，王戎来了。阮籍看到后说："这个俗人，又来败坏大家的兴致！"王戎倒也不气不恼，笑着说："你们这些人的兴致也是能败坏的吗？"

　　嵇、阮、山、刘在竹林酣饮，王戎后往。步兵曰："俗物已复来败人意！"王笑曰："卿辈意亦复可败邪？"

《世说新语·排调25-4》

　　王戎出身于山东琅邪王氏，这个家族出了很多名人，包括后面我们会说到的王衍、王导、王羲之等。

王戎小时候就很聪明。他七岁时，有一次和小伙伴们一起出去玩。大伙儿看到路边的李子树上结满了果实，沉甸甸的，树枝都被压弯了。孩子们争先恐后地跑过去摘李子，只有王戎站在原地不动。

别人问他怎么不去摘李子吃，王戎头头是道地分析说："你们看啊，这棵李子树长在路边，树上结了这么多李子，大路上人来人往，李子却没有被人摘光。这说明什么？说明这些李子肯定是苦的。"小伙伴们摘下李子一尝，果然是苦的。

王戎七岁，尝与诸小儿游。看道边李树多子折枝，诸儿竞走取之，唯戎不动。人问之，答曰："树在道边而多子，此必苦李。"取之，信然。

《世说新语·雅量6-4》

王戎长得也很精神，擅长品评人物的裴楷说他眼睛明亮，亮得像山岩下闪过的电光。

裴令公目王安丰："眼烂烂如岩下电。"

《世说新语·容止14-6》

注 烂烂：明亮的样子。

然而，就是这么聪明的一个小孩，长大后却成了一个痴迷于财富的俗人。他这双闪闪发亮的眼睛，在算账的时候更是亮得不同寻常。

王戎做官一直做到了司徒，这是一个相当高的职位，大致相当于宰相。竹林七贤中有两位司徒，另一位是前面说过的以气度取胜的山涛。王戎本身就是豪门子弟，加上自己会经营，家里相当富有，房屋住宅成片，奴婢僮（tóng）仆成群，还有大片肥沃的田地，以及水力推动的舂（chōng）米器具等农业生产配套设备，洛阳城里无人能比。

他家里的地契啦，账簿啦，都堆得老高。古代没有计算器，算账时要用一种叫作算筹的细木棍。每天晚上，王戎都要点起蜡烛，摊开算筹，和妻子一起算账，清点自家的财产。

司徒王戎既贵且富，区宅、僮牧、膏田、水碓之属，洛下无比。契疏鞅掌，每与夫人烛下散筹算计。

《世说新语·俭啬29-3》

注　僮牧：奴婢、仆人。　　　　　　契疏：契约账簿。
　　膏田：肥沃的田地。　　　　　　鞅（yāng）掌：繁忙，繁多。
　　水碓（duì）：利用水力推动的舂米器具。

你说都这么有钱了，干吗不请个会计帮着算呢？王戎偏不。他不仅享受拥有财富的快乐，更迷恋清点财富的愉悦。别说请人算账了，什么事他都亲力亲为，做事的细致程度连再精明勤劳的小商贩听了都会自愧不如。

小时候精准分析出道边李子树结苦李的王戎，家里有棵品种很好的李子树，结出的李子又大又甜。如果换作别人，自己当着高官，家里又不缺钱，结了李子送给亲朋好友、同事下属，让大家都尝尝没打农药、没施化肥的有机李子呗！王戎偏不。他家的李子可是要拿出去卖钱的。

卖就卖吧，他又担心别人吃完李子留下核当种子，如果这些核全都长成了李子树，那自家的李子就卖不上价啦！于是他不辞辛劳，挨个儿往李子上钻眼，直到把核钻破，没法用来当种子，这才放心卖出去。

王戎有好李，常卖之，恐人得其种，恒钻其核。

《世说新语·俭啬29-4》

这两个故事，说的都是王戎作为生意人的精明。而他在生活中人情往来里的那个抠门劲儿，葛朗台听了都会沉默，严监生见了都要流泪。这两个人都是中外文学史上有名的吝啬（lìn sè）鬼，生活在魏晋时期的王戎算是他们的前辈和先驱了。

王戎的一个侄子结婚，他作为长辈总得送点儿礼吧。送件皮衣？那不行，那还不如扒他的皮呢。送件毛衣？也不行，他可是一毛不拔的。王戎想来想去，就送了一件单层的衣服。这还不是最绝的，过了些日子，他竟然又把这件单衣给要回去啦！

王戎俭吝，其从子婚，与一单衣，后更责之。

《世说新语·俭啬29-2》

注 俭吝：吝啬。　　　　　　　责：索要。
从子：侄子。

如果说侄子毕竟不是亲骨肉，那对自己的亲闺女会怎么样呢？

王戎的女儿嫁给了裴楷的堂侄裴颁（wěi），小两口找王戎借了几万块钱。以王戎的个性，这几万块钱是怎么肯借出去的，也成了千古难解之谜。

王戎女适裴颁，贷钱数万。女归，戎色不说。女遽还钱，乃释然。

《世说新语·俭啬29-5》

注 适：指女子出嫁。　　　　遽（jù）：急忙。
说：同"悦"。　　　　　　释然：形容疑虑、嫌隙等消释而心中平静。

等到女儿回娘家，王戎就鼻子不是鼻子脸不是脸的。女儿一看，老爹脸上分明写着两个大字带三个惊叹号：还钱！！！于是赶紧回去筹钱，把钱还上了，王戎这才恢复了平日的神色。

爱财如命的王戎能混进七贤之列，会让人觉得有些不可思议。我们知道，他竹林里的那些朋友大多都是些有班不愿上、有钱不去赚，视钱财、名利、礼法等世人所推崇的东西为粪土的主。

不过，人都是有多面性的。王戎虽然爱钱成癖（pǐ），但并不耽误他成为富于才学、长于评点的一代名士。

王戎担任尚书令时，有一次穿着官服，坐着轻便马车，从黄公酒垆旁经过。

看到这家老店，想起种种往事，时过境迁，物是人非，王戎非常伤感。他回头对坐在后面一辆车里的客人说："当年我和嵇康、阮籍一起在这家酒店痛饮过。大家在竹林里游玩，我这个小老弟也总跟在后面。自从嵇康早亡、阮籍去世之后，我就被尘世的功名利禄束缚和羁绊。今天看这间酒家虽然近在眼前，感觉却像隔着山河一样遥远。"

王濬冲为尚书令，著公服，乘轺车，经黄公酒垆下过。

顾谓后车客："吾昔与嵇叔夜、阮嗣宗共酣饮于此垆。竹林之游，亦预其末。自嵇生夭、阮公亡以来，便为时所羁绁。今日视此虽近，邈若山河。"

《世说新语·伤逝17-2》

注 王濬冲：王戎，字濬冲。
轺（yáo）车：用一匹马拉的轻便马车。
黄公酒垆：酒家名。酒垆，指酒店。
阮嗣宗：阮籍，字嗣宗。
夭（yāo）：早死。嵇康被杀时仅三十九岁，故称"夭"。

羁绁（xiè）：束缚，约束。
邈（miǎo）：遥远。

是啊，竹林七贤的时代过去了。那群才华横溢、纵情放达的人，也已经离我们很远很远了。

卿 卿 我 我

关于王戎，还有一个非常温情的小故事。这个故事出了个成语——卿卿我我，形容男女间关系亲昵，情意绵绵。

在古代，朋友、同辈之间尊称对方为"君"，对德高望重的长辈称"公"，上对下、尊对卑则称"卿"，同辈间关系很亲热的也可以称"卿"。古代女性地位低，通常是妻子称丈夫为君，丈夫称妻子为卿。

王戎和妻子的感情很好，他妻子常常称他为卿。王戎对她说："当妻子的称丈夫为卿，不合乎礼数，以后别这么叫了。"她妻子却说：**"亲卿爱卿，是以卿卿。我不卿卿，谁当卿卿？"** 我亲近你疼爱你，所以叫你卿。如果我不能叫你卿，还有谁能叫你卿呢？王戎一听，说得很有道理啊，之后就随她这么叫了。

虽然只是一个小小的称呼，但在礼法制度严格的古代，稍微出点儿格都是了不得的大事。王戎听了妻子这段绕口令般的解释后，就随她爱叫啥叫啥，也能彰显出一些竹林名士不拘一格的风采了。

王安丰妇常卿安丰。安丰曰："妇人卿婿，于礼为不敬，后勿复尔。"妇曰："亲卿爱卿，是以卿卿。我不卿卿，谁当卿卿？"遂恒听之。

《世说新语·惑溺35-6》

司马炎

三国归晋，
队伍不好带

司马懿和儿子司马师、司马昭苦心经营几十年，掌控了魏国的实权。司马昭死后，接力棒传到了儿子司马炎手中。司马炎一看时机已经成熟，于是逼魏国最后一任皇帝退位，自己当上了皇帝，建立晋朝，历史上称为西晋。

在这之前，司马昭已经派军队灭了西南边的蜀国。西晋建立十多年后，晋朝大军水陆并进，灭了东南边的吴国，分裂数十年的国家重新归于统一。

国家虽然统一了，但司马炎这个皇帝当得并不是太成功。不管是吴国过来的降将还是自己手下的臣子，似乎谁都能来怼他几句。而他选傻儿子司马衷当继承人的决定，也为后来皇室动荡、西晋灭亡埋下了祸根。

东吴的最后一个皇帝孙皓是开国皇帝孙权的孙子，这是个以杀人取乐的暴君。亡国之后，他投降了晋朝。晋武帝司马炎去见他时，有心想戏弄戏弄他，就说："我听说你们南方流行一种《尔汝歌》，人人都会作词演唱，你会不会？"孙皓虽然是亡国之君，但为人献唱还是一件相当有辱身份的事情。

司马炎就是想享受一下昔日的邻国君主为自己演唱的快乐。他只听说过这种歌曲，却完全没从歌名推测出这是一种什么样的歌。"尔"和"汝"都是指"你"。古人对称呼是非常讲究的，只有长辈对晚辈、尊者对卑者才称"尔""汝"。平辈之间这么用时，要么是两人关系很亲密，要么就是带着轻蔑的意思。《尔汝歌》就是一种歌词里有很多"尔"啊"汝"啊的民间歌曲。

晋武帝问孙皓："闻南人好作《尔汝歌》，颇能为不？"

皓正饮酒，因举觞劝帝而言曰："昔与汝为邻，今与汝为臣。上汝一杯酒，令汝寿万春。"帝悔之。

《世说新语·排调 25-5》

孙皓当时正在喝酒，听司马炎这么说，举起酒杯就开始唱："当年和你是邻居，今天给你当臣子。给你敬上一杯酒，祝你寿长万万年。"司马炎一听，原来这就是《尔汝歌》啊！本想以此羞辱孙皓，没想到却是自取其辱，被孙皓一口一个"你"的，司马炎悔得肠子都青了。

不光国君惹不起，吴国的臣子也不好对付。诸葛靓（jìng）的父亲原本是魏国将领，后来因为发动叛乱被司马昭杀了，诸葛靓就逃去了吴国。现在吴国亡了，他又来了晋朝，被任命为大司马，但他不肯就任。他跟晋朝皇室有杀父之仇，平时都不愿面朝晋朝都城洛阳的方向，连落座时都要背对着洛阳和洛水。

不过诸葛靓和晋武帝司马炎是发小，司马炎倒是很想见见他，只是找不到什么由头。诸葛靓有个姐姐嫁给了司马炎的叔叔，现在已经被封为太妃。司马炎就让太妃把他请来，在太妃家里和他见面。

两人见过礼后，一起喝酒喝得挺畅快，司马炎跟他套近乎说："亲，你还记得咱俩小时候一起快乐玩耍的往事吗？"诸葛靓却说："我不能像豫让那样吞炭漆身为父亲报仇，所以今天能再次见到圣上您的容颜。"说着便泪流满面。司马炎听了又惭愧又后悔，赶紧告辞走人。

豫让是春秋战国时期的一位义士。他的主人被仇人杀死后，他为了不被人认出来，吞下烧红的炭块烧坏喉咙，身上涂满生漆让皮肤溃烂，改变声音容貌，伺机刺杀仇人，最后刺杀失败，挥剑自杀。

诸葛靓借用这个典故是想说，我没跟你刀剑相向为父亲报仇，已经是我没用，你就别指望我还能为晋朝效力了。司马炎没想到自己放下皇帝身段，想跟诸葛靓交交心，却是一张热脸贴了人家的冷屁股，所以才会又愧又悔。

> 诸葛靓后入晋，除大司马，召不起。以与晋室有仇，常背洛水而坐。
>
> 与武帝有旧，帝欲见之而无由，乃请诸葛妃呼靓。既来，帝就太妃间相见。礼毕，酒酣，帝曰："卿故复忆竹马之好不？"靓曰："臣不能吞炭漆身，今日复睹圣颜。"因涕泗百行。帝于是惭悔而出。
>
> 《世说新语·方正 5-10》

注 除：任命官职。　　竹马之好：指儿时的友情。竹马，小孩子当马骑的竹竿。
旧：指交情。

被投降国的君主和臣子怼也就算了，司马炎自己手下的臣子怼起他来也是丝毫不留情面。

司马炎总共有二十多个儿子，老大夭折后，皇后所生的最大

的儿子是司马衷。司马衷九岁时就被立为太子。可这孩子小时候看上去就是一副不太聪明的样子，后来越长大和同龄人的差距拉得越大。

可晋武帝司马炎像是看不出这孩子有些傻一样，打定主意要把皇位传给他，很多臣子都直言不讳地劝他换太子。

有一次，司马炎和臣子们在皇宫里的陵云台上宴饮，大臣卫瓘（guàn）想趁这个机会劝劝司马炎。几杯酒下肚后，他装着喝醉了的样子，跪在皇帝面前，抚摸着司马炎的坐榻说："这个宝座可惜了啊！"言外之意是，等司马炎去世后，皇帝宝座上就要坐着个傻子了。虽然儿子傻，爹的智商可不低，司马炎一下就听出了卫瓘的话外之音，但他故意装作没听懂，笑着对卫瓘说："卫公你这是喝醉了吗？"

晋武帝既不悟太子之愚，必有传后意，诸名臣亦多献直言。

帝尝在陵云台上坐，卫瓘在侧，欲申其怀，因如醉，跪帝前，以手抚床曰："此坐可惜！"帝虽悟，因笑曰："公醉邪？"

《世说新语·规箴10-7》

> 注 怀：想法，心意。

其实，太子到底傻不傻司马炎心里也有点儿数。可是换太子是大事，历朝历代因为改立太子惹出了多少麻烦事，司马炎是知道的，所以他只能寄希望于太子并没有大家认为的傻得那么不可救药。看到这孩子有一点点进步，他都会欣喜万分。

和峤是司马炎非常敬重的一位大臣。有一次司马炎对他说："太子最近好像有些成熟长进了呢，你快去看看。"等和峤回来，司马炎便迫不及待地问："怎么样？"和峤却说："太子的资质和原来一样。"意思也很简单明了：太子还和原来一样傻。

和峤为武帝所亲重，语峤曰："东宫顷似更成进，卿试往看。"还，问："何如？"答云："皇太子圣质如初。"

《世说新语·方正5-9》

> 注 东宫：太子居住的宫殿，也指太子。　　　成进：成熟长进。
> 　　 顷（qǐng）：近来。　　　　　　　　　　圣质：指太子的资质。

司马炎不愿换太子，原因很复杂，其中一个很重要的原因是，一旦废了司马衷，那就得另立太子。而哪些人可以成为太子的候选人呢？如果是从自己的儿子中选，那还能接受。但满朝的文武百官可能各有主意，很多人还憋着想立司马攸（yōu）当太子的念头。

司马攸是司马炎的亲弟弟，性格温和，聪明孝顺，又有才能，在朝廷里声望很高，西晋建立时就被封为齐王。司马炎很担心这个弟弟会抢了自己儿子的太子之位，于是就把他排挤出朝廷，让他去自己的封国齐国待着。

很多大臣极力劝说司马炎不要把司马攸赶走，其中就有和峤的小舅子王济。这也是一位性格相当多面化、有很多故事的同学，下一篇我们会专门说说他。

司马炎想着，怎样才能让王济别跟自己作对，他对和峤说："我想先把王济痛骂一顿，然后再给他封个爵位，也就是俗话说的先打一巴掌再给个甜枣，你觉得这办法怎么样？"和峤说："王济这个人直率豪爽，这一招恐怕不会让他屈服。"

和峤的友情提醒司马炎并没有采纳，他还是把王济叫了来，先劈头盖脸把他骂了一顿，然后问他："你知道惭愧吗？"王济回答说："汉代有'尺布斗粟（sù）'的童谣，我常常替陛下感到羞耻。别人能让疏远的人变得亲近，我却不能让亲近的人变得疏远，在这一点上我确实不如陛下。"把司马炎怼得半天说不出话来。

武帝语和峤曰："我欲先痛骂王武子，然后爵之。"峤曰："武子俊爽，恐不可屈。"

帝遂召武子，苦责之，因曰："知愧不？"武子曰："尺布斗粟之谣，常为陛下耻之！他人能令疏亲，臣不能使亲疏，以此愧陛下。"

《世说新语·方正 5-11》

注 王武子：王济，字武子。

王济说的"尺布斗粟"是西汉时的一个典故。西汉的刘长是汉高祖刘邦的小儿子、汉文帝的弟弟，被封为淮南王，后来因为图谋叛乱，被汉文帝废去王号，发配去偏远的蜀地，在半路上绝食而死。

当时民间编出这样一首童谣："一尺布，尚可缝；一斗粟，尚可舂。兄弟二人，不能相容。"用来讽刺汉文帝容不下兄弟。一尺布虽然不大，也可以缝制成衣服来穿；一斗粟米虽然很少，也可以舂去壳后煮来一起吃。哪怕是像这样很少的一点儿东西，亲兄弟都可以一起分享，而不是势同水火般你争我夺，互不相容。

王济在这里提起"尺布斗粟"，自然也是讽刺司马炎容不下弟弟。司马炎没想到，自己不仅没能说服王济，还被他用典故骂了一通。这种自己给自己挖坑的事儿，司马炎可真没少干啊！

古代有"伴君如伴虎"的说法。不过，这么多人敢当面怼司马炎，而且在怼过他之后仍然活得好好的，很多人甚至依然受到重用，也能从侧面说明，司马炎是一位不失宽和仁厚的皇帝。

司马炎凭借良好的自我修养，不仅在挨怼时能积极调节自己的情绪，保持心平气和的态度，平时对下属的关怀也是无微不至，有时还要负责调解下属的家庭矛盾。

孙秀原来是吴国的将领、皇亲国戚，因为被孙皓猜忌，早在吴国灭亡之前就投降了晋国。晋武帝司马炎格外关怀宠爱他，还

把小姨子蒯（kuǎi）氏嫁给了他，这夫妻俩感情一直很好。

有一次，小两口发生争执，蒯氏骂孙秀是"貉（hé）子"。貉子是一种有些像狐狸的动物。当时北方的晋国人很瞧不起南方的吴国人，称他们为貉子。要搁到现在，夫妻俩拌嘴，妻子骂丈夫几句也不算什么。可是在古代，当妻子的随便骂丈夫那可不行。而且蒯氏这么骂还带着地域歧视，暗示孙秀是从东吴过来的降将。俗话说"打人不打脸，骂人不揭短"，蒯氏这么骂搁谁能忍？孙秀非常生气，很长一段时间都不搭理妻子，连她的房间都不进了。蒯氏很后悔，只好请司马炎帮忙。

　　孙秀降晋，晋武帝厚存宠之，妻以姨妹蒯氏，室家甚笃。妻尝妒，乃骂秀为"貉子"。秀大不平，遂不复入。蒯氏大自悔责，请救于帝。
　　时大赦，群臣咸见。既出，帝独留秀，从容谓曰："天下旷荡，蒯夫人可得从其例不？"秀免冠而谢，遂为夫妇如初。

《世说新语·惑溺35-4》

注　室家：家庭，夫妇。　　　笃：指感情深厚。　　　旷荡：宽大。

当时正好碰上大赦天下，也就是在全国范围内赦免那些罪行不是特别严重的罪犯。司马炎召见群臣过后，把孙秀单独留下来，和颜悦色地对他说："国家以宽大为怀，实行大赦，蒯夫人是不是也可以得到宽恕呢？"孙秀赶紧摘下帽子谢罪，夫妻俩这才和好如初。

这一次，总算有人给了司马炎一点儿面子。

王济

奢侈无度的
驸马爷

    在那些正经的历史书中，晋武帝司马炎是西晋时期当仁不让的男主角。而在《世说新语》里，司马炎只称得上是一位黄金配角。这一篇，不如我们再用这位黄金配角来开个场吧。

    上篇中说过的讽刺司马炎容不下兄弟的王济，虽然为人相当有正义感，但在生活中却是个奢侈无度的人。有一次，晋武帝去他家做客，王济自然是设下豪宴款待。当时的场面相当震撼。所有的菜品全都用珍贵的琉璃器盛装，这些菜还不是平淡无奇地摆在餐桌上，而是由一百多位穿着绫罗绸缎的婢女双手捧着，为客人们提供流动服务。

    其中有一道蒸乳猪，武帝尝了一口，觉得异常肥嫩鲜美，味道跟平时吃的很不一样。武帝很好奇，就问王济这道蒸乳猪怎么会做得这么美味。王济回答说："顶级的美食要选用最高端的食材，这小猪仔是用人奶喂养的。"武帝听后很是反感，饭没吃完就走了。

当时，大富豪王恺（kǎi）和石崇正忙于炫富斗富，斗得热火朝天，就连他俩也没听说过这种做法。

武帝尝降王武子家，武子供馔，并用琉璃器。婢子百余人，皆绫罗绮襦，以手擎饮食。

蒸独肥美，异于常味。帝怪而问之，答曰："以人乳饮独。"帝甚不平，食未毕，便去。王、石所未知作。

《世说新语·汰侈 30-3》

> 注 供馔（zhuàn）：指宴会上摆设食品。
> 绫罗绮襦（kù luò）：指所穿衣服、裤裙都由绫罗绸缎制成。绮，同"裤"，裤。襦，女子上衣。
> 擎（qíng）：向上托举。
> 独（tún）：同"豚"，小猪。

王济能这么挥霍，当然是因为他家底厚。他爹是当朝重臣，他自己娶了司马昭的女儿常山公主——也有观点认为常山公主是司马炎的女儿，反正都是驸马身份，皇亲国戚。二十岁就参加工作的他，职位一路高升，深受晋武帝司马炎的器重。

王济和前面说过的王戎并不是一家。王戎来自山东琅邪王氏，王济来自山西太原王氏。下面即将登场和王济比拼箭术的王恺则来自山东东海王氏。

王恺有一头好牛名叫八百里驳。就像日行千里的马叫千里马一样，这头牛据说一天能跑八百里，毛色斑驳，所以取了这么个名字。王恺对这头牛视若珍宝，平时像把玩珠宝文玩一样，把牛角牛蹄子打磨得晶莹发亮。

王济见王恺这么喜欢这头牛，就有些看不惯，于是对他说："我射箭的技术向来不如你，不如今天我们来赌一把，你赌这头牛，我赌一千万。"

一千万是什么概念呢？你还记得吧——当年的钟会兄弟斥资千万建了一座豪宅，王戎借给女儿几万钱就心疼得像割了心头肉

一般。

王恺心想，要是赢了，这一千万来得可真容易。射箭自己拿手，一定能赢王济。退一步说，即便输了，把牛输给他就是了，这么出众的宝物，也不怕王济会杀了它，于是就答应了，而且相当自信地让王济先射。

王君夫有牛名八百里驳，常莹其蹄角。

王武子语君夫："我射不如卿，今指赌卿牛，以千万对之。"君夫既恃手快，且谓骏物无有杀理，便然可，令武子先射。

武子一起便破的，却据胡床，叱左右速探牛心来。须臾，炙至，一脔便去。

《世说新语·汰侈30-6》

注 王君夫：王恺，字君夫。　　　　却：退回来。
骏物：出众之物。　　　　　　　胡床：一种可折叠的轻便交椅。
然可：答应。　　　　　　　　　探：探取，掏。
破的：射中靶心。　　　　　　　一脔（luán）：一小块肉。

没想到，王济有如神助，一箭射出便正中靶心，王恺连上场的机会都没有了！王济得意扬扬地退回去坐在场边的交椅上，大呼小叫地叫左右随从赶紧杀了牛，把牛心取出来。一会儿工夫，烤好的牛心就送过来了，王济只尝了一小块，就大摇大摆地走了——我吃不吃牛心肉不重要，重要的就是要伤你的心。

王恺千算万算，也没算出王济做事能这么绝，日行八百里的牛，他赢到手就给杀了。

王济可能是受名士们不受世俗礼法束缚的影响，产生了一种很不好的思想倾向，众人推崇的都是他敢于践踏的，众人珍惜的都是他乐于摧毁的。这种暴殄（tiǎn）天物的事他可没少干。这一次，他杀了人家的牛。还有一次，他砍了人家的树。

王济的姐夫和峤是个相当吝啬的人。他家有棵品种很好的李

子树，王济找姐夫要李子，和峤小里小气地给了几十颗。王济豪
富之家，人口多，这点儿李子哪里够分。

其实，这几十颗李子都算和峤给了王济天大的面子。和峤的
亲弟弟们到他家园子里吃李子，都得拿着吃剩下的核来结账，跟
现在有些烧烤店吃完串拿着签子结账一样。

挥霍无度的人看到抠门儿的人就来气，这是两种截然不同的
财富观的激烈碰撞。有一天，王济趁着姐夫上班没在家，带上一
帮年少力大胃口好的小伙伴，拿上斧子跑到果园里，围着李子树
现摘现吃，饱餐一顿之后，就挥起斧头把这棵树给砍了，跟孙悟

空受了委屈推倒镇元子的人参果树一样。王济比孙悟空还气人，砍了人家的树后，还把砍下来的树枝装了一车送给和峤，问他说："看看这车李树枝，跟你家的李子树比怎么样啊？"和峤虽然吝啬，心态倒是很平和，收了这车残枝败叶，也只是笑笑就过去了。

和峤性至俭，家有好李，王武子求之，与不过数十。

王武子因其上直，率将少年能食之者，持斧诣园，饱共啖毕，伐之，送一车枝与和公，问曰："何如君李？"和既得，唯笑而已。

《世说新语·俭啬29-1》

注 上直：指官员上朝值班。直，同"值"。　　率将：带领。

王济对人家的牛和树能这么痛下狠手，对自家的马却是体贴入微。他平时酷爱骑马，也很了解马的脾性。一次，他骑着一匹马，马背上铺着一块非常漂亮的垫子。经过一条浅水河时，马怎么也不肯下水。王济说："马儿肯定是怕弄脏了背上的垫子。"于是叫人解下垫子，果然，马儿就乖乖下水蹚过了河。

王武子善解马性。尝乘一马，著连钱障泥，前有水，终日不肯渡。王云："此必是惜障泥。"使人解去，便径渡。

《世说新语·术解20-4》

注 连钱：形状像相连的铜钱的一种花纹。
　障泥：放在马鞍下垂在马腹两侧的垫子，用来挡泥水。

后来，王济因为鞭打堂哥府里的官员被贬出了朝廷，他干脆把家搬到了洛阳郊区的北邙山下。

不管是古代还是现在，人口众多的京城都是寸土寸金的地方，郊区的房子也得几万块一平米。但对于富豪来说，越是贵的东西越要买。京城这么贵的地，人家买来建房子，喜欢骑马射箭的王济买来建跑马场。大家可以想想看，能让马撒开蹄子跑的一块场地得有多大面积。跑马场周围围了一圈矮墙，这圈围墙全都是用一串串的铜钱编起来的。当时的人们称这里为"金沟"。

王武子被责，移第北邙下。于时人多地贵，济好马射，买地作埒，编钱匝地竟埒。时人号曰"金沟"。

《世说新语·汰侈30-9》

注 移第：搬家。　　　　　　　　　　埒（liè）：矮墙。
北邙（máng）：北邙山，在今河南洛阳东北。　匝（zā）：环绕。
马射：骑马射箭。　　　　　　　　　　竟：尽。

看了王济的故事，你可能会觉得，这就是个只知道吃喝玩乐的混世魔王。实际上，王济武能骑马射箭抡斧头，文能写诗辩论谈哲学，是当时被很多人推崇的一位名士。

其中，一个叫孙楚的人和他特别要好。孙楚本人也相当有才华，很少有人能入得了他的法眼，他却唯独非常敬重王济。

王济四十多岁时就去世了，当时的名士全都来参加追悼会。孙楚来得晚一些，他来之后，对着王济的遗体痛哭流涕，在场的客人们都感动得潸然泪下。

哭过一阵后，孙楚对着灵床说："你平时喜欢听我学驴叫，今天我再为你学一次吧。"他模仿得实在是太像了，仿佛真有一头驴步入了会场，客人们都忍不住笑出了声。一场本该庄严肃穆的葬礼，生生给弄成了模仿秀现场。孙楚又伤心又生气，他抬起头来说道："怎么会让你们这些人活着，却让这个人死了呢！"

孙子荆以有才，少所推服，唯雅敬王武子。

武子丧时，名士无不至者。子荆后来，临尸恸哭，宾客莫不垂涕。

哭毕，向灵床曰："卿常好我作驴鸣，今我为卿作。"体似真声，宾客皆笑。孙举头曰："使君辈存，令此人死！"

《世说新语·伤逝17-3》

注 孙子荆：孙楚，字子荆。　　　　　　　雅敬：非常敬重。雅，甚，极。
推服：推崇佩服。

大家是不是觉得这个场面有些眼熟？没错，在建安七子之冠冕王粲的葬礼上，曹丕也曾率众宾客一起学驴叫，送别王粲。只能说，魏晋名士们很多奇特的爱好也是一脉相承的啊。

嘴比牙硬的孙楚

孙楚年轻的时候想去隐居山林，对王济说：我想去过那种"枕石漱流"的生活，枕着山间的石头睡觉，用清澈的溪水漱口。可他说这个词时错说成了"漱石枕流"。

王济抓住这个口误嘲笑他说："流水可以当枕头吗？石头能用来漱口吗？老兄你的头可是真够软，牙可是真够硬啊！"孙楚一听，才反应过来刚才自己说反了。但是对于一个才华满腹的文化人来说，哪怕说错了也得圆回来啊！于是他说："头枕着流水，是想要洗干净自己的耳朵，不去听那些俗事；用石头漱口，是要磨砺自己的牙齿，变得更加伶牙俐齿。"

"洗耳"是一个关于隐士的典故。传说尧帝时，有一个隐士名叫许由。尧帝听说他非常贤明，就想把天下让给他，派人去和他说。哪知道许由不仅不接受，还觉得这些话弄脏了他的耳朵，赶紧跑到河边去洗耳朵。后来，人们就用"洗耳"这个典故来表示讨厌听到世俗的事情。

孙子荆年少时欲隐，语王武子"当枕石漱流"，误曰"漱石枕流"。王曰："流可枕，石可漱乎？"孙曰："所以枕流，欲洗其耳；所以漱石，欲砺其齿。"

《世说新语·排调 25-6》

石崇

西晋
首富之争

　　在和王济的豪赌中痛失八百里驳的王恺，是晋武帝司马炎的亲舅舅。说起王恺，总会让人联想到另一个人，那就是石崇。

　　王恺和石崇都是西晋的官员，但他们更广为人知的身份是西晋富豪排行榜上数一数二的人物。这两个人为了争夺西晋首富的宝座，斗富斗出了新高度。中国历史几千年，富豪出了何止千千万，但只要说到斗富，人们首先想到的就是这两人。

　　《世说新语》中的《汰侈》篇收录了十二个故事，石崇、王恺和上篇的王济占据了其中十个。"汰"指骄奢、过分，"汰侈"就是指极度的奢侈。

　　王恺和石崇的首富之争涵盖日常饮食、家装摆设、交通出行等衣食住行的方方面面。下面我们来观赏一下具体项目。

　　王恺家用饴（yí）糖拌着干饭擦洗饭锅；石崇家就把蜡烛当成柴火来煮饭。

王恺用紫丝布做步障，里面衬着青绿色的丝绫里子，长达四十里；石崇则用更贵重的锦锻做了五十里长的步障。

石崇用捣碎的花椒和泥来涂墙壁；王恺则把更贵重的赤石脂碾碎了来涂墙。

王君夫以粆糒澳釜，石季伦用蜡烛作炊。

君夫作紫丝布步障碧绫里四十里，石崇作锦步障五十里以敌之。

石以椒为泥，王以赤石脂泥壁。

《世说新语·汰侈30-4》

注　粆（yí）：同"饴"，麦芽糖，饴糖。　　石季伦：石崇，字季伦。
糒（bèi）：干饭。　　　　　　　　　　　步障：放置在道路两侧用来遮挡
澳釜：擦洗锅子。澳，擦，洗刷。　　　灰尘、行人视线的帷幕。

第一轮，王恺以一比二输掉了这场比赛。石崇的实力相当雄厚，而且，他家里还藏着三个独门秘诀。

第一个，熬煮豆粥是一件非常费时的事，但石崇家为客人做豆粥，很快就做好了。

第二个，冬天难得一见的调味酱菜韭萍（píng）齑（jī），石崇家整个冬天都能供应。

第三个，石崇家的牛，论身形、论力气都赶不上王恺家的牛，可是和王恺一起出外游玩，回来时，他们坐的牛车很晚才出发，两人争着看谁先进洛阳城，石崇的牛跑了几十步后就快得像飞鸟一样，王恺的牛拼了命奔跑也追不上。

王恺一想到这三件事，就吃不下饭睡不着觉，气得把自己的手腕都快掐出血了。为了赢得比赛，王恺不惜花费高额酬金收买家政间谍。他暗中买通了石崇家的管家和司机，想探问出石崇家这三个压箱底的秘密。

王恺能如愿以偿吗？我们接着往下看。

　　石崇为客作豆粥，咄嗟便办。恒冬天得韭萍蘁。又牛形状气力不胜王恺牛，而与恺出游，极晚发，争入洛城，崇牛数十步后迅若飞禽，恺牛绝走不能及。

　　每以此三事搤腕。乃密货崇帐下都督及御车人，问所以。都督曰："豆至难煮，唯豫作熟末，客至，作白粥以投之。韭萍蘁是捣韭根，杂以麦苗尔。"

　　复问驭人牛所以驶。驭人云："牛本不迟，由将车人不及制之尔。急时听偏辕，则驶矣。"

　　恺悉从之，遂争长。石崇后闻，皆杀告者。

《世说新语·汰侈30-5》

注　咄嗟（duō jiē）：很短的时间，片刻。
韭萍蘁：用韭菜、艾蒿等捣碎做成的酱菜，冬天通常没有。萍，艾蒿类菜，可用来调味。蘁，捣成碎末的酱菜。
绝走：极力奔跑。
搤（è）腕：即扼腕，用一只手握住自己另一只手的手腕，表示愤怒、不平、惋惜等情绪。

密货：暗中用财物贿赂。
都督：指手下总管事务的人。
驭（yù）人：驾车的人。
将车人：驾车的人。
听：听凭，任凭。

事实证明，王恺的这笔钱是花值了。收了钱后，石崇的管家就告诉他："豆子是最难煮烂的，只有预先把豆子煮成熟烂的碎末，客人来了，煮好白粥，再把豆末加进去拌匀，豆粥才能很快就做好。韭萍齑是把韭菜根捣碎，掺上麦苗而已。不仅吃上去有韭菜味，看上去也像韭菜。"

现在有些餐馆、快餐店的饭菜也是老早就做好了，到了饭点简单加热一下就可以端上桌，这种菜称为预制菜。原来，预制菜一千多年前就已经被石崇研发出来了。至于韭萍齑的做法，一些不良商家也是深得其中精髓，什么往不明肉类里加牛肉精粉冒充牛肉啦，糖浆加色素冒充蜂蜜啦，往辣椒粉里加玉米皮啦，不一而足。

接着，王恺又问司机，牛为什么能跑得那么快。司机说："牛本来跑得不慢，只是因为驾车的人跟不上它的速度，反而牵制住了它。等牛跑得快时就干脆来个大撒把，任由车子侧向一边，那么车就会跑得飞快了。"

王恺得到了这三个秘诀，全都按他们所说的去做，终于在第二轮比赛中胜出。石崇后来得知家里出了内奸，一气之下把泄密的人都杀了。

这两轮比赛，王恺和石崇打成一比一。下面我们来看看决胜局。

王恺为了赢得最后的胜利，请来了一位重量级的助战嘉宾，那就是他的外甥、《世说新语》中的黄金配角晋武帝司马炎。

石崇和王恺斗富，一大重点就是要极尽奢华地装饰车马、服装，以及各种家居陈设品。毕竟，这些都是人们最容易看到的东西。

司马炎为助舅舅一臂之力，送给他一棵高约两尺的珊瑚树。珊瑚是由珊瑚虫分泌的物质聚结而成，形状像枝干交错的小树，颜色绚丽，在我国古代就被用来当装饰品。只见这棵珊瑚树枝条繁茂，疏密有致，世上少有。

石崇与王恺争豪，并穷绮丽，以饰舆服。

武帝，恺之甥也，每助恺。尝以一珊瑚树高二尺许赐恺，枝柯扶疏，世罕其比。

恺以示崇。崇视讫，以铁如意击之，应手而碎。恺既惋惜，又以为疾己之宝，声色甚厉。

崇曰："不足恨，今还卿。"乃命左右悉取珊瑚树，有三尺、四尺，条干绝世，光彩溢目者六七枚，如恺许比甚众。恺惘然自失。

《世说新语·汰侈30-8》

注	绮丽：华丽。	讫：完结，终了。
	舆（yú）服：指车马冠服和各种仪仗。	如意：一种用于玩赏的器物，柄端呈灵芝形或云朵状，柄微弯曲。
	舆，车。	
	许：大约。	许：那样。
	枝柯（kē）：树枝。	比：类。
	扶疏：枝叶茂盛、疏密有致的样子。	惘然：失意或失神的样子。

王恺得了这件宝物，相当嘚瑟地捧去给石崇看。石崇看过之后，顺手拿起一柄铁如意敲过去，只听当的一声，哗啦！珊瑚树和王恺的心一起碎了一地。王恺既惋惜，又认为石崇摆明了就是嫉妒自己有这样的宝贝，忍不住板起脸来骂骂咧咧。

石崇却不慌不忙地说："用不着心疼，不就是一棵珊瑚树吗！现在就还给你。"于是让左右侍从把家里的珊瑚树全都搬出来，让王恺随便挑。这下王恺可算是开了眼啦！只见有的高达三尺、四尺，枝干漂亮得绝世少有，流光溢彩，绚丽夺目，光这样的就有六七棵，跟王恺那棵差不多的就更是多了去了。

王恺又惆怅又失落，好半天没从失败中回过神来。咋回事？只听说过富可敌国，还没见过富得能把国君踩在地上碾压的。

石崇以大比分优势赢得了比赛，坐上了首富宝座。

不过，如果你以为石崇只是个热衷于炫富斗富的土豪，那可就错了。

　　石崇这人有勇有谋，为人仗义，还是个能写诗会作文的文化人。他组织创建了一个人数众多的文学团体，人们称其为"二十四友"，其中包括陆机、陆云、潘岳、左思等一大帮西晋知名文学家。他们经常在石崇的别墅庄园金谷园里聚会游玩，所以也称"金谷二十四友"。

　　成语故事"闻鸡起舞"的主人公之一刘琨（kūn）和哥哥刘舆（yú）也是这个团体的重要成员。如果不是石崇，这兄弟俩可能就英年早逝了。

　　刘舆、刘琨兄弟年轻时很招王恺忌恨。有一次，王恺请兄弟俩到家里过夜，想趁机杀了他们。王恺派人挖好坑，只等着把兄弟俩杀害后就地给埋了。

刘玙兄弟少时为王恺所憎，尝召二人宿，欲默除之。令作阬，阬毕，垂加害矣。

石崇素与玙、琨善，闻就恺宿，知当有变，便夜往诣恺，问二刘所在。恺卒迫不得讳，答云："在后斋中眠。"

石便径入，自牵出，同车而去，语曰："少年何以轻就人宿？"

《世说新语·仇隙36-2》

注 默除：指暗杀。　　　　　　卒（cù）迫：仓促急迫。卒，同"猝"。
阬：同"坑"，土坑。　　　　讳：隐瞒。
垂：将要。

石崇向来和刘玙、刘琨很要好，听说两人到王恺家过夜，知道大事不好，连夜就赶到王恺家，问他刘家兄弟在什么地方。石崇突然到来，仓促间王恺都来不及编个谎话，只好老老实实地回答说："在后面书房里睡觉呢。"

石崇就径直走进去，一手一个把兄弟俩拉出来，一起坐车走了，还对他们说："年轻人怎么可以这么轻率地到别人家过夜？"

八王之乱中，因为石崇不肯把宠爱的小妾绿珠献给当权王爷司马伦的一个手下，那人便诬告石崇谋反，撺掇司马伦杀了他。最终，绿珠在金谷园跳楼自杀，石崇一家十多口被诛杀。

和石崇同一天被抓捕杀害的还有潘岳。潘岳曾在《金谷集诗》中写道："投分寄石友，白首同所归。"想对志同道合的朋友说，等我们头发都白了的时候，就一同归去。到了刑场，潘岳对石崇说：咱俩这还真是"白首同所归"了。

世说小百科

《金谷诗序》和《兰亭集序》

公元 296 年，包括二十四友在内的三十位文坛精英在洛阳金谷园聚会游玩，饮酒作诗，这些诗合编成一本诗集，石崇为诗集写了序文，这就是《金谷诗序》。

半个多世纪后的公元 353 年，已经是东晋时期，在浙江绍兴的兰亭举办了一场类似于金谷集会的文酒之会，这就是兰亭集会。参会者的诗作也编了一本诗集，大书法家王羲之（王右军）创作并书写了序文《兰亭集序》。这一书法作品被称为"天下第一行书"。王羲之的原作没能流传下来，后人临摹的版本都成了传世国宝。这篇文章也是文采斐然，境界高远，远超《金谷诗序》。但在当时，王羲之听说人们把他的《兰亭集序》比作《金谷诗序》，认为他和石崇的文采不相上下，喜悦之情顿时溢于言表。由此也可以看出当年石崇在文坛的影响力。

王右军得人以《兰亭集序》方《金谷诗序》，又以己敌石崇，甚有欣色。

《世说新语·企羡 16-3》

| 王衍

搅乱天下的人

　　山东琅邪的王氏家族出了很多名士，其中有一位更是被称为西晋的清谈领袖。也就是说，名士们聚在一起谈天说地、评点人物、辩论哲理，论口才他能排第一。这位名士就是王戎的堂弟王衍。

　　王衍和人聊天时如果说错了话，脸不红心不跳，随口就能改过来，就像嘴里带了一块橡皮擦，随说随擦随改。当时的橡皮擦是一种叫作雌黄的矿物，人们写字用的纸是黄色的，写错了就用雌黄涂掉。形容不顾事实随口乱说或是妄加评论的成语"信口雌黄"就来自于王衍。

　　虽然"信口雌黄"不是什么好话，但在王衍生活的年代，他的口才好是大家公认的。王衍不仅口才好，长得还帅，十几岁时就已经崭露头角。

　　王衍的父亲王乂（yì）当平北将军时，有一次因为一件公事想派个人去朝廷说明情况，事情挺复杂，没找到合适的人。当时王衍正好在京城洛阳，便吩咐仆人驾车，自己去见尚书左仆射羊祜（hù）和尚书山涛。

当时王衍才十几岁，头上还扎着羊角般的两个发髻，姿容秀丽，才华出众，说起话来又清晰又流利，道理也说得头头是道，山涛当时就惊呆了。等王衍告辞退下后，山涛还盯着他的背影看个没够，感叹说："生儿子不应该就生个王衍这样的吗？"

羊祜也觉得这孩子能说会道，很不一般，但他给出的却是一个负面评价："将来搅乱天下的，肯定就是这个人啊！"

王夷甫父义为平北将军，有公事，使行人论，不得。时夷甫在京师，命驾见仆射羊祜、尚书山涛。

夷甫时总角，姿才秀异，叙致既快，事加有理，涛甚奇之。既退，看之不辍，乃叹曰："生儿不当如王夷甫邪？"羊祜曰："乱天下者，必此子也！"

《世说新语·识鉴7-5》

注　王夷甫：王衍，字夷甫。　　　　　　　　　　形状像两只角，借指幼年。
　　行人：指使者。　　　　　　　　　　　　　　叙致：指叙述事理。
　　总角：古代未成年人把头发扎成两个发髻，

王衍长大参加工作后，职位一路高升。当时朝廷的最高官职太尉、司徒、司空称为"三公"，他一个没落下，全都做过。但他身为公务员，却没把多少心思放在工作上，而是把大部分时间和精力都用在谈论一些深奥的哲学问题上。

王衍长得肤白貌美，平日里总是拿着一把白玉柄的麈（zhǔ）尾和人们谈玄说理，他那双手白得跟白玉都没什么分别。

王夷甫容貌整丽，妙于谈玄。恒捉白玉柄麈尾，与手都无分别。

《世说新语·容止14-8》

注　麈尾：用麈（鹿类动物）尾巴上的毛制成的拂尘。拂尘是用来掸尘土、驱蚊蝇的。

当时的人们对王衍的口才、颜值和风度给予了相当高的评价。我们截取几条简短的评论来了解一下。大家在阅读时可以重点看看原文，学学怎么用文言文来夸人。

王戎云："太尉神姿高彻，如瑶林琼树，自然是风尘外物。"

《世说新语·赏誉8-16》

他的堂哥王戎说："太尉的风度仪态超凡脱俗，像晶莹的玉树般高洁，自然是世俗之外的人物。"

王公目太尉："岩岩清峙，壁立千仞。"

《世说新语·赏誉8-37》

注　王公：王导。　　　　　　　清峙：清峻地耸立。
　　岩岩：高峻的样子。　　　　千仞（rèn）：形容很高。一仞为八尺。

他的堂弟王导评价他说："他高高地耸立着，像千仞峭壁一样屹立。"

王大将军称太尉："处众人中，似珠玉在瓦石间。"

《世说新语·容止14-17》

注　王大将军：王敦，后来为东晋大将军。

他的另一位堂弟王敦（dūn）称赞他说："他待在人群中，就像是珍珠美玉扔在一堆石头瓦块间。"

你可能会说，这几个都是他家兄弟，吹捧几句也当不得真。那就让我们来看看来自第三方的评论。

有人诣王太尉，遇安丰、大将军、丞相在坐。往别屋，见季胤、平子。还，语人曰："今日之行，触目见琳琅珠玉。"

《世说新语·容止14-15》

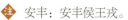 安丰：安丰侯王戎。　　　　　　季胤（yìn）：王诩（xǔ），字季胤。
大将军：王敦。　　　　　　　　平子：王澄，字平子。
丞相：王导，后来为东晋丞相。　　琳琅：精美的玉石。

　　有一次，有人去拜访王衍，正好碰到王戎、王敦、王导也在。后来又去另一间屋子，见到了王衍的两个弟弟王诩和王澄。那人回去后对别人说："今天去王家，满眼看到的都是珠宝美玉。"

　　从这个简短的故事中能看出，王家还不是只有王衍一个人长得好看，他们王氏家族简直就是个帅哥窝子。你多半知道"琳琅满目"这个成语是用来形容眼前珍贵、美好的事物很多，但你可能不知道，这个成语的出处就在这里，最早形容的竟然是琳琅满目的帅哥。

　　王衍度量也很大。他曾经托一位族人帮他办件事，过了挺长时间族人还没办。后来在一次宴会上碰到，王衍客客气气地问那人："前些日子托您办的事，怎么还没办呢？"这位族人也是个暴脾气，可能是因为自己理亏，也可能是当时酒喝多了，突然间就大发脾气，举起一个食盒连盒子带食物直接砸到王衍那张帅气的脸庞上。

　　王夷甫尝属族人事，经时未行。遇于一处饮燕，因语之曰："近属尊事，那得不行？"族人大怒，便举樏掷其面。

　　夷甫都无言，盥洗毕，牵王丞相臂，与共载去。在车中照镜，语丞相曰："汝看我眼光，乃出牛背上。"

《世说新语·雅量6-8》

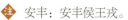 属：同"嘱"，托付。
那得：怎么。
经时：指很长时间。
饮燕：同"饮宴"。
樏（lěi）：食盒。

王衍一言不发，自己去洗干净后，拉着弟弟王导的胳膊，和他一起坐牛车走了。在车里，王衍看着镜子里自己脸上被砸出的印子，对王导说："我觉得你看我的眼神，像是在看被鞭打过的牛背一样呢。"原文中的"汝看我眼光，乃出牛背上"，很有些难理解。有学者认为，牛背是挨鞭子打的地方，喻指俗人俗事，王衍这话的意思是："你看看我这眼光境界，可比那些俗人高多了，我才不会跟俗人计较呢！"

当时有个叫裴邈的人，是王戎的女婿裴頠的堂弟。裴家也是声名显赫的大家族。王衍和裴邈志趣不同、爱好不同，裴邈为了蹭王衍的热度，抬高自己的身价，三天两头地攻击谩骂王衍，却始终得不到回应。于是他特意跑到王衍那里，肆意攻击，破口大骂，想激怒王衍回骂自己，两人以负面新闻一起上热搜。王衍却不动声色，只是淡淡地说："这个喜欢瞪大眼睛露着白眼珠的家伙终于发作了。"

> 王夷甫与裴景声志好不同，景声恶欲取之，卒不能回。乃故诣王，肆言极骂，要王答己，欲以分谤。王不为动色，徐曰："白眼儿遂作。"
>
> 《世说新语·雅量6-11》

注 裴景声：裴邈，字景声。　　　　　　卒：始终。
恶（wù）：厌恶，憎恨。　　　　　　分谤（bàng）：共同承受诽谤。

王衍虽然人帅才高度量大，位高权重口才好，但真到了国家危亡的时刻，他这人却一点儿都指靠不上。当八王之乱后皇室分裂，北方少数民族纷纷南下，中原乱成一锅粥时，王衍想的不是如何拯救国家于危难，而是忙于保全自己的家族，把弟弟们安排到军事要地，给自己留好退路。

公元311年，北方的匈奴兵打败晋军，王衍等一帮王公大臣被活捉，押到敌军将领石勒面前。王衍的第一反应是推卸责任：

晋朝现在一败涂地跟我可没啥关系，我向来是不管军政大事的。接着竟然腆着脸劝说石勒称帝。连石勒都听不下去了，痛骂他说："你名声传遍天下，身居要职，年轻时就被朝廷重用，直到头生白发，怎么能说不参与朝廷政事呢？破坏天下，正是你的罪过！"

不过，石勒爱惜王衍是一代名士，不忍心用刀剑杀死他，半夜里让士兵推倒墙壁，把王衍等人压死了。

 世说小百科

阿 堵 物

王衍素来崇尚高深莫测的玄理，一心追求诗和远方，却娶了个眼里只有面包的妻子。他很讨厌妻子的贪财好利，甚至从来都不说"钱"字。妻子想为难为难他，趁他晚上睡觉时，叫婢女拿来许多钱堆在他的床边，围了一整圈，让他下床后如果不说出"钱"字，路都没法走。

第二天早上王衍起床，见床边都是钱，挡住了他的路，就叫婢女说："快把阿堵物拿走！""阿堵物"是晋朝时当地人的口语，指"这个东西"。后来，人们想委婉地说"钱"时，就用"阿堵物"来替代，典故正是出自这里。

王夷甫雅尚玄远，常嫉其妇贪浊，口未尝言"钱"字。妇欲试之，令婢以钱绕床，不得行。夷甫晨起，见钱阂（hé）行，呼婢曰："举却阿堵物！"

《世说新语·规箴10-9》

卫玠

这个帅小伙
被人看死了

  魏晋时期是一个盛产美男子的时代。被称为中国古代四大美男的宋玉、潘安、卫玠（jiè）、兰陵王，宋玉来自战国时期，是屈原的学生；兰陵王来自晋朝之后的南北朝时期；潘安和卫玠都来自魏晋时期，是"琳琅满目"的众多帅哥中精选出的优秀代表。

  你可能会奇怪，为什么帅哥们会扎堆在魏晋时期出现呢？是历史发展到这一阶段，中国男子发生了什么基因突变吗？当然不是。其实，变的不是基因，而是审美习惯。

  中国古代传统中，通常是以女子为审美对象。魏晋时期，名士们不甘受传统习俗的束缚，加上品评人物也是大家聊天时的一项重要内容，于是，男子的容貌和仪表也被纳入到审美范围中来。

  在这样的时代背景下，贵族男子格外注重自己的形象。日常修饰打扮，精心穿搭，甚至于涂脂抹粉，都成为一时风尚。当美男们出现在公众视野时，被众人围观也是常有的事。

四大美男中的卫玠，据说因为长得太好看，最后竟然被大家活活看死了。这是真的吗？

卫玠从豫章至下都，人久闻其名，观者如堵墙。玠先有羸疾，体不堪劳，遂成病而死，时人谓"看杀卫玠"。

《世说新语·容止14-19》

注 豫章：郡名，治所在今江西南昌。
下都：指东晋都城建康，相对于西晋都城洛阳（上都）而言称下都。

堵墙：墙壁，比喻人多而密集。
羸（léi）疾：瘦弱多病。

西晋末年，中原一带战乱四起，卫玠为了躲避战乱，带着母亲及全家搬到南方的江西南昌居住，后来又去了江苏南京。南京当时叫建邺(yè)，不久后改名叫建康，东晋建立后把都城定在这里。

南京城的人早就听说过卫玠这个大帅哥。卫玠刚走出南京站，热情的粉丝们就呼啦一下全都围了上来，仿佛一堵厚墙把他围了个密不透风。

卫玠本来就体弱多病，又旅途劳顿，再加上这场面有些吓人，没准儿还有伤风感冒的粉丝给他传染了点儿病菌，总之就是，卫玠到南京后一病不起，没过多久就去世了。所以当时的人们都说，卫玠是被看死的。

可惜那时候没有相机也没有手机，我们没法知道卫玠到底有多好看，只能从当时的人们留下的文字评价中来推测。

前面说过的杀人家八百里牛的骠（piào）骑将军王济，是卫玠的舅舅。王济本人也是容貌俊秀、风度翩翩，从他的言行举止也能看出这个人有多狂傲不羁。但他每次看到卫玠，竟然心甘情愿退到一旁当个配角，嘴里也是连连叹息："**珠玉在侧，觉我形秽。**"如珍珠似美玉的外甥在身旁，让我觉得自己长得丑陋不堪。

骠骑王武子是卫玠之舅，俊爽有风姿。见玠，辄叹曰："珠玉在侧，觉我形秽。"

《世说新语·容止14-14》

注 骠骑：将军名号。　　　　　　　形秽：指相貌丑陋。

成语"自惭形秽"就出自这里。"珠玉在侧"也是一个成语，也可以写成"珠玉在前"。我们要想夸一个人长得漂亮，或才华出众，文章写得很出色，都可以说珠玉在侧。

不过，卫玠可不是徒有其表，他是当时清谈圈里响当当的人物，而且从小就是一个爱提问、爱思考的孩子——说到这里，我们不得不提到一个叫乐广的人，这个人后来还成了卫玠的岳父。

上篇中说过王衍被称为清谈领袖，在当时，还有一位出身寒门的名士与王衍分享这一称号，他就是乐广。乐广不仅擅长清谈，思考能力也很强。我们熟悉的成语故事"杯弓蛇影"，讲的是一个人到乐广家做客，喝酒时看到酒杯里有条小蛇，那人以为自己把小蛇喝进了肚子，回家后就病倒了。乐广得知后，在家里研究思考了一番，猜测那人是把他挂在墙上的弓映在酒杯里的影子当成了蛇。于是，他又把那人请来，跟他一番演示加解释，那人才如释重负，吓出的疑心病立马就好了。

卫玠还是个小朋友时，就向这位乐广先生问了一个我们很多人都问过的问题："人为什么会做梦？"乐广回答说："因为你醒着的时候心里有所想。"

卫玠不太满意这个回答，追问道："有一些奇奇怪怪的东西和场景，身体上没有亲身经历过，精神上也没有特意去想过，却都会在梦里出现，怎么能说做梦是因为心有所想呢？"

乐广告诉他："梦到的东西和生活中的事物总是有关联的。人们从来没梦见过坐着车进入老鼠洞，或者用铁棒捣碎姜蒜后却把铁棒给吃掉了。这都是因为你不会有这些想法，类似的事情也从来没发生过。"

卫玠听后，便开始思考生活中的事物与梦到的事物之间的关联，整天整夜地想也想不明白，却因为用脑过度病倒了。乐广听说后，特意坐车去他家，为他一一分析这些事物之间的关联，卫玠的病立马就好了很多。乐广见卫玠虽然疑问多，但不会把这些疑问都憋在心里，而是积极思考加以解决，不禁感叹说："这孩子心里一定不会得无法医治的病！"

卫玠总角时，问乐令梦，乐云："是想。"卫曰："形神所不接而梦，岂是想邪？"乐云："因也。未尝梦乘车入鼠穴，捣齑啖铁杵，皆无想无因故也。"

卫思"因"，经日不得，遂成病。乐闻，故命驾为剖析之，卫即小差。乐叹曰："此儿胸中当必无膏肓之疾！"

《世说新语·文学4-14》

注 乐令：乐广，担任过尚书令，所以　　　铁杵（chǔ）：铁棒。
也被称为"乐令"。　　　　　　　　　差（chài）：同"瘥"，病愈。
因：关联。　　　　　　　　　　　　膏肓（huāng）之疾：难以治愈的病。

卫玠长大后，特别喜欢谈论玄理，也就是一些深奥、玄妙的道理。王衍的弟弟王澄是一位超脱于世的才俊，很少有他能推崇佩服的人，但每次听过卫玠的一番谈论后，总是会赞叹不已，为之倾倒。

> 王平子迈世有俊才，少所推服。每闻卫玠言，辄叹息绝倒。
>
> 《世说新语·赏誉 8-45》

注 迈世：超越世俗。　　　　　　　　绝倒：极为佩服倾倒。

可惜的是，卫玠只活了二十七岁就去世了。除了前面提到的最广为人知的说法，他是被人们看死的，还有一种说法，说他是因为说话太多给累死的。

当年卫玠为了躲避战乱，渡过长江来到南方，去拜见大将军王敦。王敦虽然是个武将，但也像文人一样喜欢清谈。为了迎接卫玠，他特意派人请来了清谈名家谢鲲（kūn），一场小型清谈会连夜在王敦家召开。卫玠见到谢鲲，非常喜欢他，都顾不上再去搭理王敦了。两人一直聊到第二天早晨，王敦在旁边干坐了一整夜，根本插不上话。

卫玠向来体质虚弱，平时有他妈在身边，他妈都是掐着点监督他谈话，一到点就说："好啦，今天说的话已经够多了，不能再说了。"但是这天晚上没了亲妈的管束，卫玠竟然聊了一整夜，给累坏了，从这之后病情日益加重，不久后就去世了。

> 卫玠始度江，见王大将军。因夜坐，大将军命谢幼舆。玠见谢，甚说之，都不复顾王，遂达旦微言，王永夕不得豫。
>
> 玠体素羸，恒为母所禁。尔夕忽极，于此病笃，遂不起。
>
> 《世说新语·文学 4-20》

注 度：同"渡"。　　　　　　　　　　永夕：整夜。
谢幼舆：谢鲲，字幼舆。　　　　　　豫（yù）：同"与"，参与。
说：同"悦"，高兴，喜悦。　　　　　尔夕：那夜。
微言：精微深妙的言辞。　　　　　　病笃：病势沉重。

和卫玠同列中国古代美男天团的潘安，比卫玠早出生近四十年，他也是"金谷二十四友"的成员。潘安本名潘岳，字安仁。据说是因为他后来做的事情不够仁义，后人就把他的"仁"字给去掉了，直接叫他潘安。

在古代美男这一领域，潘安的名气比卫玠更大。"看杀卫玠"是卫玠被众人围观的典故，潘安则引发了另一场声势浩大的围观。和卫玠的悲剧性结局不一样，这场围观给潘安带来了实实在在的收获。据说人们在围观时拼命往他车上扔水果，潘安在街上逛一圈回来，收获了满满一车新鲜水果，同时有了"掷果潘安"这个典故。

人们在说起潘安的美时，还总要说到另一个人的丑。这位长相"困难"的同学本身也是才华满腹，只是不幸生活在看重颜值的魏晋时期，才沦为潘安身边的配角。他就是凭一篇《三都赋》造成"洛阳纸贵"的大才子左思。

潘安容貌出众，神态优雅，年少时带着弹弓走在洛阳的街道上，妇女们见到他，全都手拉着手围上来看他。左思由于对自己的长相没有清醒的认识，听说潘安的事后，他也想去体验一把被众人围观的感觉，于是也带着把弹弓走上了洛阳街头。妇女们确实也来围观他了，只不过围上来是为了朝他身上吐唾沫，左思只好垂头丧气地回去了。

潘岳妙有姿容，好神情。少时挟弹出洛阳道，妇人遇者，莫不连手共萦之。左太冲绝丑，亦复效岳游遨。于是群妪齐共乱唾之，委顿而返。

《世说新语·容止 14-7》

注　神情：指神态风度。　　　　游遨：游玩。
连手：手拉手。　　　　　　妪（yù）：老年妇女。泛指妇女。
萦（yíng）：围绕。　　　　委顿：颓丧，困顿。
左太冲：左思，字太冲。

这也太不公平了，凭什么长得丑的人连街都不能上了！大家在读这个故事时要保持理性思考：潘安和左思的不同遭遇是由那个时代的不良风气导致的；还有一种可能就是，这件事压根儿就是编故事的人编出来的。

《世说新语》里还记录了很多帅哥，关于他们的故事说得也是有鼻子有眼的。

曹操的继子何晏也是容貌英俊，仪表堂堂，而且脸特别白。曹操的孙子魏明帝是个好奇心爆棚的皇帝，他怀疑何晏的脸这么白，多半是涂了粉。为了一探究竟，他在大夏天把何晏召进宫来，让人端上一碗热气腾腾的汤面给他吃。何晏吃完面，热得满头大汗，就用大红色的官服袖口去擦脸上的汗。如果事先化了妆抹了粉，这一擦就相当于当众卸妆了。魏明帝瞪大了眼睛紧盯着，结果却让他失望了，何晏擦过汗后，面孔越发白皙光洁了。

何平叔美姿仪，面至白。魏明帝疑其傅粉，正夏月，与热汤饼。既啖，大汗出，以朱衣自拭，色转皎然。

《世说新语·容止 14-2》

注 何平叔：何晏，字平叔。　　　　　　　汤饼：指汤面。
魏明帝：魏国第二位皇帝曹叡（ruì），曹丕之子。　　皎然：洁白的样子。
傅：同"敷"。

夏侯玄也是魏国一位出名的帅哥。魏明帝曾经让皇后的弟弟毛曾和夏侯玄坐在一起，人们看到后称他们俩是"芦苇挨着玉树"。

魏明帝使后弟毛曾与夏侯玄共坐，时人谓"蒹葭倚玉树"。

《世说新语·容止14-3》

注　蒹葭（jiān jiā）：芦苇一类的植物，比喻微贱的人。

名士们评点人物，有时会用一正一反的对比法，让美的更美，丑的更丑，比如潘安和左思、夏侯玄和毛曾；有时也会把要夸赞的对象并列起来，同中又有异，让夸赞变得更加具体细致。

当时的人们评价夏侯玄，说他光彩照人、耀眼夺目，像是太阳月亮都投进了他的怀抱。另一个叫李丰的，即便是萎靡不振的时候，看上去也像是一座玉山摇摇晃晃地快要崩塌。

时人目夏侯太初"朗朗如日月之入怀"，李安国"颓唐如玉山之将崩"。

《世说新语·容止14-4》

注　夏侯太初：夏侯玄，字太初。夏侯为复姓。　　颓唐：精神萎靡不振的样子。
李安国：李丰，字安国，魏国大臣。

说到底，是时代风气让这么多美男扎堆出现。正像那句广为人知的名言所说：世界上并不缺少美，只是缺少发现美的眼睛。魏晋时期，一大帮钱多事少的名士们一边谈天说地，一边瞪着一双双善于发现美的眼睛四处寻找，并用优美的词汇、漂亮的比喻、对仗的句子将这些帅哥之美记录下来。

美好的事物人们都喜欢，长得好看的人大家也都乐意多看几眼，但过于注重长相和外表并不可取，以貌取人就更不好了。现在也有很多人疯狂追星，想想这种看似很时髦的风气，其实魏晋时期的人们早就已经玩过了。

王导

皇帝请他
同坐宝座

　　西晋末年，北方的游牧民族趁乱挥兵南下，在中原地区先后建立起多个少数民族政权。中原的士族为了躲避战乱，纷纷南下，渡过长江到江南定居，这一历史事件被称为"衣冠南渡"。

　　来自山东琅邪王氏家族的王导，和琅邪王司马睿交情深厚。司马睿被派到建邺，也就是现在的江苏南京驻守时，王导跟随他来到南方。

　　每逢天和日丽的好天气，渡过长江来到南京的士人们会在江边的新亭聚会，坐在草地上喝酒、野餐。想想北方的家园已经落入胡人之手，武城侯周颛（yǐ）忍不住感叹说："眼前的风景没什么两样，可山河却和以前大不一样了啊！"在场的人听了这话，你看看我，我看看你，忍不住伤感流泪，现场一片哀声。在这种士气低落的氛围中，需要有个人来为大家加油打气，于是王导板起脸说道："各位应该同心协力辅佐王室，收复中原故土，怎么能像亡国奴一样在这里面面相对嘤嘤哭泣呢！"

　　过江诸人，每至美日，辄相邀新亭，藉卉饮宴。周侯中坐而叹曰：
"风景不殊，正自有山河之异！"皆相视流泪。唯王丞相愀然变色
曰："当共戮力王室，克复神州，何至作楚囚相对！"

《世说新语·言语2-31》

注　藉（jiè）卉：坐卧于草地上。藉，坐卧其上。　　戮（lù）力：协力，通力合作。
卉，草的总称。　　　　　　　　　　　　　　楚囚：原指被俘的楚国人，后用
周侯：周颛，为武城侯，所以称周侯。　　　来借指被囚禁的人，也比喻处境
愀（qiǎo）然：形容神色严肃或不愉快。　　窘迫、无计可施的人。

　　王导为司马睿出谋划策，竭力笼络南方本地的士族，团结联
合北方南下的士族，为司马睿建立东晋立下了大功。

　　司马睿称帝后，在正月初一的朝会上，非拉着王导一起坐上
皇帝的宝座，王导极力推辞，司马睿却更加恳切地拉着他往宝座
上让。王导说："如果太阳和万物发出同样的光辉，那我们做臣
子的该如何瞻望仰视太阳呢？"在中国古代，皇帝通常被比作太阳，
万物则指大臣和百姓。

元帝正会，引王丞相登御床，王公固辞，中宗引之弥苦。王公曰："使太阳与万物同辉，臣下何以瞻仰？"

《世说新语·宠礼22-1》

注 元帝：晋元帝司马睿。 庙号是皇帝死后在太庙中供奉祭祀时起的名号。
御床：皇帝的坐卧之榻。 弥苦：更加恳切。
中宗：晋元帝司马睿的庙号。

虽说王导推辞了与皇帝同坐帝座的这份殊荣，但当时实际的形势是，王导和堂哥王敦一文一武，一个在内辅佐朝政，一个在外统率兵马，实力可以说能和皇帝打个平手。所以当时的人们都称"王与马，共天下"，王家和司马家共分天下。

处理各种错综复杂的人际关系、调和各种势力之间的矛盾，是王导的重要工作内容。这种上赶子跟人套近乎的工作可不好做，王导像当年的晋武帝司马炎一样，也挨了不少怼。

王导刚到江东时，为了和当地的吴人搞好关系，想和出身吴郡名门望族的陆玩结成儿女亲家。陆玩毫不客气地拒绝了，他说："小土包上长不出高大的松树柏树，香草和臭草也不能放在同一个器具里。我陆玩虽然没什么才能，但也绝不会第一个做出这种有辱门第的事。"

王丞相初在江左，欲结援吴人，请婚陆太尉。对曰："培塿无松柏，薰莸不同器。玩虽不才，义不为乱伦之始。"

《世说新语·方正5-24》

注 江左：江东。长江下游以东地区。 薰莸（xūn yóu）：香草和臭草。
陆太尉：陆玩，死后追封为太尉。 不才：无才，自谦之词。
培塿（pǒu lǒu）：小土丘。 乱伦：这里指门第不相当。

东晋建立后，王导身为开国功臣，地位今非昔比，可陆玩一直不太买他的账。有一次陆玩去拜访王导，王导热情地端上了北方特色美食奶酪接待他。陆玩吃后，回家就病倒了。

放到现在，一般人去领导家做客，吃了待客的小点心回来闹肚子，多半不会跟领导说这事。可陆玩第二天就给王导写了封信，措辞也丝毫不留情面："昨天吃奶酪吃多了点儿，一整晚上吐下泻的，弄得疲惫不堪，差不多丢了半条命。小老百姓我虽然是吴地的人，却险些做了你们北方的鬼。"

陆太尉诣王丞相，王公食以酪。陆还，遂病。明日，与王笺云："昨食酪小过，通夜委顿。民虽吴人，几为伧鬼。"

《世说新语·排调25-10》

> **注** 笺（jiān）：下级给上级的书信。　　委顿：疲惫不堪。
> 小过：稍微过分，稍多一点儿。　　伧（cāng）：当时南方人对北方人的蔑称。

可见在东晋时期，南北方之间的地域对立现象还挺严重。王导为了能和当地人打成一片、融为一体，甚至自学了吴地方言。王导非常器重的刘惔（dàn）就亲耳听到过王导说吴语。刘惔出身于北方士族家庭，但到他这一代时，家中已经衰落，后来在王导的推崇提携下才声名鹊起。

刘惔第一次见王导时正好是盛夏，天气很热，王导和他聊天时把肚子贴在棋盘上，用吴地方言说道："怎么会这么凉沁沁的呢？"

刘惔从王导家出来后，有人问他："见到王丞相感觉怎么样？"刘惔说："也没看出他有什么过人之处，只是听到他说吴地方言，这一点还挺奇怪的。"

刘真长始见王丞相，时盛暑之月，丞相以腹熨弹棋局，曰："何乃渹？"刘既出，人问："见王公云何？"刘曰："未见他异，唯闻作吴语耳。"

《世说新语·排调25-13》

> **注** 刘真长：刘惔，字真长。　　弹棋局：指弹棋盘。弹棋为古代一种棋类游戏。
> 熨（yùn）：指紧贴。　　渹（qìng）：凉，吴地方言。

　　王导性格和善，平时也喜欢和人开开玩笑。在家里和孩子一起玩儿时，还会放下父亲的身段跟儿子"攀亲戚"。

　　王导的大儿子名叫王悦，小时候就很温和乖巧，王导特别宠爱他。王导经常陪儿子下围棋，却总喜欢悔棋，王悦就按着他的手指不让他动棋子。王导笑着说："怎么能这样呢？说起来咱俩好像还有点儿亲戚关系呢！"

　　王长豫幼便和令，丞相爱恣甚笃。每共围棋，丞相欲举行，长豫按指不听。丞相笑曰："讵得尔？相与似有瓜葛。"

《世说新语·排调25-16》

注　王长豫：王悦，字长豫。　　　　讵（jù）：岂，怎么。
　　爱恣（zì）：溺爱骄纵。　　　　瓜葛：这里用瓜、葛藤蔓牵连来比喻亲戚血缘关系。
　　不听：不让。

王悦长大后也相当优秀，王导做错了事时，都生怕被儿子知道了骂他。王导生性节俭，也有些小气，他营帐里美味甘甜的水果堆得满满的，却舍不得分给大家，到了春天都坏掉了。帐下管理事务的都督禀报给王导，王导叫他扔掉，还特意嘱咐说："千万不要让老大知道！"

　　王丞相俭节，帐下甘果盈溢不散，涉春烂败。都督白之，公令舍去，曰："慎不可令大郎知。"

《世说新语·俭啬29-7》

　　武城侯周颛和王导是好朋友，两人关系很亲密。有一次，王导头枕在周颛腿上，指着他的肚子问："你这里面都有些什么东西啊？"其实就是在嘲笑他腹内空空。

　　周颛拍拍肚子回答说："这里面啊，空空荡荡的，什么东西都没有，但像你这样的人能装下几百个。"意思是说，我可能没你有才华，但胜在度量大、能包容。

　　王丞相枕周伯仁膝，指其腹曰："卿此中何所有？"答曰："此中空洞无物，然容卿辈数百人。"

《世说新语·排调25-18》

　　注　周伯仁：周颛，字伯仁。

　　周颛这话说得一点儿没错。后来到了危急关头，他挺身而出帮王导说话，王导却没能给予朋友足够的信任，导致周颛被杀。王导得知真相后，追悔莫及。

　　那是晋元帝末年，王导的堂哥、大将军王敦起兵作乱，有人劝晋元帝把整个王氏家族满门抄斩。王导和兄弟们到朝廷请罪，跪在皇宫门口。武城侯周颛也为王氏一家的命运担忧，进宫门时

123

满脸愁云。王导冲他大声喊道："我一家老小百来口的性命，就托付给你了！"周颙径直走了过去，没有答话。

进宫后，周颙苦苦劝说晋元帝，帮王导说尽了好话，想要援救保全王导一家。司马睿终于被说动了，不再坚持诛杀王家，还留周颙一起喝酒。事情得到解决，周颙的心情很好，多喝了几杯。等到出宫时，王家人还跪在门口。周颙喝醉了酒，嘴里说着："今年把乱臣贼子都消灭了，一定能换到颗斗大的金印挂在胳膊肘上。"王导听了这话，以为周颙落井下石要害自己。

后来王敦率军攻下了都城附近的军事要塞石头城，朝廷只好向王敦求和，并把朝廷大臣都交给他处置。王敦问王导："周侯可以做三公吗？"王导不作声。王敦又问："可以做尚书令吗？"王导没说话。见他不表态，王敦就说："既然这样，那就杀了他吧！"王导还是默不作声。没过多久，周颙就被王敦杀了。

后来，王导整理宫廷档案时，看到了周颙为他辩白的奏章。王导手捧奏章痛哭流涕，说："我不杀周侯，周侯却是因为我而死，我糊里糊涂地辜负了这个好朋友啊！"

王大将军起事，丞相兄弟诣阙谢。周侯深忧诸王，始入，甚有忧色。丞相呼周侯曰："百口委卿！"周直过不应。

既入，苦相存救。既释，周大说，饮酒。及出，诸王故在门。周曰："今年杀诸贼奴，当取金印如斗大系肘后。"

大将军至石头，问丞相曰："周侯可为三公不？"丞相不答。又问："可为尚书令不？"又不应。因云："如此，唯当杀之耳！"复默然。

逮周侯被害，丞相后知周侯救己，叹曰："我不杀周侯，周侯由我而死，幽冥中负此人！"

《世说新语·尤悔33-6》

注 诣阙谢：到朝廷谢罪。　　　　幽冥（míng）：指阴间，也指昏暗，糊涂。

到晋元帝的儿子晋明帝司马绍时，王敦再次起兵造反，不久后在军中病死。由于王导明智的应对举措，王敦之乱平定后，王导和王氏家族都没有受到牵连，王导反而加官进爵。他一生辅佐晋元帝、晋明帝、晋成帝三朝帝王，成为东晋一代名相。

 世说小百科

三次"衣冠南渡"

"衣冠南渡"这种说法最早出自唐朝史学家刘知几的《史通》一书。"衣冠"本义是指衣服和帽子，因为古代只有读书人、官员等人才能戴冠，所以衣冠通常是指这部分人。往大了说，衣冠则代表着中原地区的汉族文明。

中国历史上有三次因战乱而引发的衣冠南渡。第一次就是在西晋末年，司马睿渡过长江来到江南，大量中原士族纷纷南下，最终司马睿在王导等人的辅佐下，建立了东晋。

第二次是唐朝"安史之乱"爆发后，大量中原人民陆续向南方迁移，后来李昪（biàn）在江南地区建立了南唐。

第三次是金朝攻灭北宋后，皇室和大量中原百姓南迁，宋高宗赵构在南方建立了南宋。

这三次大规模的南迁，使我国的经济中心从中原地区转移到了江南地区。

王敦

这个人将来
一定会造反

　　王导的堂哥王敦也是东晋建国的大功臣，但他的性格和王导很不一样。王导仁慈敦厚，做事稳重；王敦残忍冷酷，飞扬跋扈。兄弟俩最后的结局也是判若云泥。

　　因为西晋的寿命并不长，只存在了大约五十年，王敦这个为东晋建国出了大力，后来又两次起兵反叛、想把皇帝拉下马的大将军，其实出生于西晋建立那一年，他还是西晋开国皇帝司马炎的女婿。

　　王敦刚娶了公主那会儿，住在公主府中。第一次去上厕所时，看见一个漂亮的漆箱里装着干枣，这原本是让上厕所的人塞鼻孔防臭味用的，王敦还以为是皇室生活太讲究，在厕所里也摆放了果品，就把干枣一个个拈起来全吃光了。

　　上完厕所回到屋里，婢女们送上金盘装的清水，琉璃碗装的澡豆。澡豆是一种洗手洗脸时要用到的物品，类似于现在的肥皂。

王敦不知道，还以为是干粮，把澡豆倒进水里，咕嘟咕嘟全给喝了。婢女们都捂着嘴偷偷笑话他。

> 王敦初尚主，如厕，见漆箱盛干枣，本以塞鼻，王谓厕上亦下果，食遂至尽。
>
> 既还，婢擘金澡盘盛水，琉璃碗盛澡豆，因倒著水中而饮之，谓是干饭。群婢莫不掩口而笑之。

《世说新语·纰漏34-1》

注 尚主：指娶公主为妻。　　　　　　　　　　下果：设置果品。
　　如厕：上厕所。如，到。

　　当年大富豪石崇疯狂炫富、大宴宾客时，王敦、王导哥儿俩也是他家的座上常客。石崇虽然也算是个文化人，却有相当残忍的一面。他摆席请客时，经常会让美女给客人倒酒劝酒，客人如果不喝，便让人把美女拉出去斩了。

　　有一次，王导和王敦去拜访石崇。王导向来不怎么能喝酒，但一想到自己不喝酒就会有人丢掉性命，于是强迫自己一杯接一杯地往下喝，直到喝得酩酊大醉。王敦就不一样了，美女给他倒上酒，他偏故意不喝，想看看石崇是不是真的会杀人。石崇是个视人命如草芥的家伙，区区几个美女，可远没有自己的面子重要，见王敦不喝，真就把人拉出去杀了。一连杀了三个美女，王敦仍然面不改色，坚持不喝，他倒要看看石崇能为一顿酒杀掉多少人。

　　王导在旁边批评他，做人不能这么狠心，王敦却满不在乎地说："他杀他自己家里的人，关你什么事？"

> 石崇每要客燕集，常令美人行酒。客饮酒不尽者，使黄门交斩美人。
>
> 王丞相与大将军尝共诣崇。丞相素不能饮，辄自勉强，至于沉醉。

127

每至大将军，固不饮以观其变。已斩三人，颜色如故，尚不肯饮。

丞相让之，大将军曰："自杀伊家人，何预卿事？"

《世说新语·汰侈 30-1》

注　要：同"邀"，约请。　　　　　　　交斩：轮流斩杀。
　　燕集：宴会。　　　　　　　　　　让：责备。
　　黄门：魏晋时供贵族家庭役使的宦人。

炫富狂魔石崇家的厕所也是极尽奢华，不仅设施齐全，服务还相当到位。厕所里通常都有十几个婢女列队侍奉客人，一个个穿着华丽的衣服，打扮得很漂亮。厕所里准备了各种化妆品、香料香水之类，供客人使用。客人上完厕所后，还要换上新衣服再出来。

去他家的客人多半会因为害羞，宁可憋着也不愿意去上厕所。王敦去厕所时却是神色坦然，脱下旧衣服，穿上新衣服，态度相当傲慢。

婢女们都交头接耳地说："这个客人将来一定会谋逆造反！"

石崇厕常有十余婢侍列，皆丽服藻饰。置甲煎粉、沉香汁之属，无不毕备。

又与新衣著令出，客多羞不能如厕。王大将军往，脱故衣，著新衣，神色傲然。

群婢相谓曰："此客必能作贼！"

《世说新语·汰侈30-2》

注 藻饰：修饰。　　　　　　　　　沉香汁：用沉香木制成的香水。
甲煎粉：胭脂、唇膏之类的化妆品、香料。

只能说，这些婢女眼力很不错。后来到了东晋，大将军王敦手握重兵，野心勃勃，不甘于久居人下。已经五十多岁的他每次喝酒后，总是吟咏着曹操的诗句："老骥（jì）伏枥（lì），志在千里。烈士暮年，壮心不已。"一边念一边用如意击打痰盂，打得痰盂边上都是缺口。

年老的骏马伏在马槽旁，志向仍是驰骋千里；有抱负的人到了晚年，进取之心也不会止息。虽然已经一把年纪，王敦还是想干出一番大事。而他接下来做的事，让晋王朝就像那只被打得满是缺口的痰盂一样遭受重创。

王处仲每酒后，辄咏"老骥伏枥，志在千里。烈士暮年，壮心不已"。以如意打唾壶，壶口尽缺。

《世说新语·豪爽 13-4》

注 王处仲：王敦，字处仲。　　唾壶：痰盂。

晋元帝末年，王敦起兵威胁朝廷，大肆屠杀朝廷内外的正直官员，掌控了朝政。晋元帝司马睿又气又急，在动乱中去世。

到晋明帝司马绍时，王敦再次起兵，军队驻扎在姑孰，也就是现在的安徽当涂，随时准备进攻都城南京。

晋明帝虽然英武过人，但对王敦还是又猜疑又畏惧，于是他穿上军服，骑着骏马，带上一条金马鞭，去暗暗察看王敦的军营。

离军营十多里路的地方，有个老婆婆在那里开了个小店卖小吃，明帝经过时在店里休息，对老婆婆说："我是当今皇帝，王敦兴兵造反，猜忌迫害朝廷忠

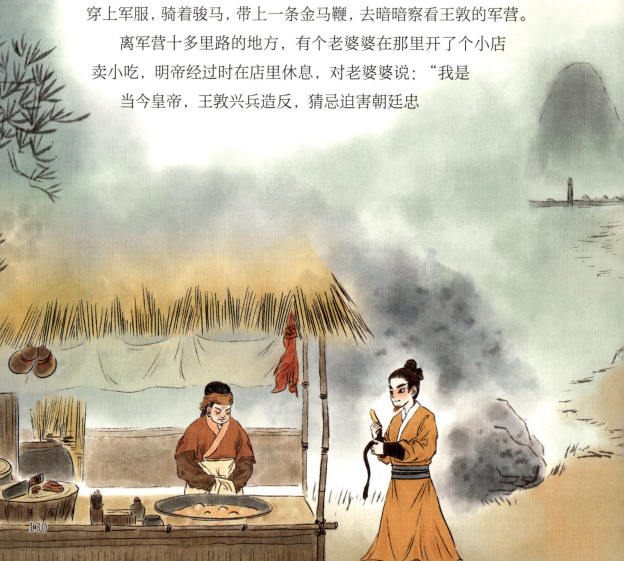

臣，朝廷上下惊惧恐慌，国家存亡令人担忧。所以我从早到晚操心劳累，今天前来暗中察看军情。我担心会被他们发现，身处险境。如果到时候有追兵追赶，还希望老人家能帮我隐瞒行踪。"说完，把金马鞭送给老婆婆后就离开了。

王大将军既为逆，顿军姑孰。晋明帝以英武之才，犹相猜惮，乃著戎服，骑巴賨马，赍一金马鞭，阴察军形势。

未至十余里，有一客姥，居店卖食，帝过憩之，谓姥曰："王敦举兵图逆，猜害忠良，朝廷骇惧，社稷是忧。故劬劳晨夕，用相觇察。恐行迹危露，或致狼狈。追迫之日，姥其匿之！"便与客姥马鞭而去，行敦营匝而出。

军士觉，曰："此非常人也！"敦卧心动，曰："此必黄须鲜卑奴来！"命骑追之，已觉多许里。

追士因问向姥："不见一黄须人骑马度此邪？"姥曰："去已久矣，不可复及。"于是骑人息意而反。

《世说新语·假谲27-6》

注　猜惮：怀疑畏惧。　　　　　　　社稷：指国家。
戎服：军服。　　　　　　　　　　劬（qú）劳：劳累。
巴賨（cóng）马：巴地賨人进贡的马。　觇（chān）察：偷偷察看。
赍（jī）：携带。　　　　　　　　　狼狈：指处境危险。
客姥（mǔ）：客店的老妇人。　　　匿（nì）：隐瞒。
憩（qì）：同"憩"，休息。　　　　觉（jiào）：同"较"，相差，相去。

明帝绕着王敦军营走了一圈后出来，果然被士兵发觉了，士兵说："这一定不是普通人！"便立刻报告了王敦。王敦正躺在床上睡觉，突然心一阵猛跳，说："肯定是那黄胡子鲜卑奴来过！"晋明帝的母亲是鲜卑人，所以明帝长得有些像鲜卑人，留着一把黄胡子。王敦立即派骑兵去追赶，但已经落后好几里路了。

追赶的士兵看到那个老太婆，就问："有没有看见一个黄胡子的人骑马经过这里？"老太婆说："已经过去很久了，你们肯定追不上了。"于是骑兵打消了继续追赶的念头，回军营去了。

后来，王敦病死在军营中。他死后不久，这场叛乱就被平定了，连他的尸首都被挖出来受刑处斩。

其实，预见了王敦未来人生的不只有石崇家的婢女们。当年有个名叫潘滔的官员，他见到少年王敦时就曾经对他说："你的眼睛已经露出了像胡蜂一样的凶光，只是还没有号叫出豺狼般的声音罢了。你将来一定能吃人，最后也会被别人吃掉。"

潘阳仲见王敦小时，谓曰："君蜂目已露，但豺声未振耳。必能食人，亦当为人所食。"

《世说新语·识鉴7-6》

注 潘阳仲：潘滔，字阳仲。

王敦

长安远还是太阳远

晋明帝司马绍是晋元帝司马睿的大儿子，从小就很聪明。司马绍几岁大时，坐在晋元帝膝上玩耍，正好碰上有人从长安来，元帝问那人洛阳方面的消息，说着说着便忍不住潸（shān）然泪下。司马绍问他为什么哭，元帝就把当年北方战乱，王室不得不东渡来到南方的事情告诉了他。

元帝随口问司马绍："你说说看，长安和太阳哪个更远？"司马绍回答说："太阳远。刚才那人是从长安来的，但从来没听说过有人从太阳那边来，从这就可以知道了。"几岁的孩子就这么机灵，让元帝感到很惊奇。

第二天，晋元帝大宴群臣，告诉大家昨天司马绍说的话，又重新问他。可这次司马绍竟然回答说："太阳近。"晋元帝很奇怪，问："怎么和你昨天说的不一样呢？"司马绍说："抬起头就能看到太阳，却看不见长安。"

同样一个问题，司马绍却通过两种不同的思路，给出了两种答案，而且说得都很有道理。"举目见日，不见长安"的说法更是引发了在场的大人们对于北方故土沦丧的悲伤。

晋明帝数岁，坐元帝膝上。有人从长安来，元帝问洛下消息，潸然流涕。明帝问何以致泣，具以东渡意告之。因问明帝："汝意长安何如日远？"答曰："日远。不闻人从日边来，居然可知。"元帝异之。

明日，集群臣宴会，告以此意，更重问之。乃答曰："日近。"元帝失色曰："尔何故异昨日之言邪？"答曰："举目见日，不见长安。"

《世说新语·夙惠12-3》

133

庾亮

不吉利的马
不能卖给别人

　　东晋的开国皇帝司马睿最初只是个实力和能力都很普通的王爷，在士族的大力支持下才建立了东晋。在接下来的百年间，东晋形成了非常独特的门阀政治。

　　啥叫"门阀"呢？你可能听说过军阀、财阀，"阀"指的是极有权势的人物、家族或集团，门阀就是那些声望极高的家族。

　　在大多数朝代，皇帝都是高高在上，位于权力顶端，而东晋时却出现了那些有权势的士族与皇帝共同治理国家的局面，这被称为门阀政治。这些大家族中，世世代代都有人在朝廷中担任重要职位，在复杂的权力争夺与交替中，某一时期会有某个家族居于优势地位。王家的王衍、王导之后，庾（yǔ）、桓（huán）、谢三家的代表人物也先后执掌朝政大权，这四家被称为东晋的四大家族。

　　今天要说的庾亮就是庾家的代表人物。他年轻时就深受晋元帝司马睿的器重。司马睿非常喜欢庾亮，还让儿子司马绍娶了庾亮的妹妹庾文君。后来，司马绍只当了四年皇帝就去世了，皇位传给了五岁的儿子晋成帝。五岁的小朋友能处理什么国家大事呢？于是，已经成为太后的庾文君临朝听政，庾亮作为皇帝的舅舅执掌军政大权，权势超过了王导。

论资历，论能力，论家族影响力，庾亮都比不上王导，现在却靠着皇亲国戚的身份轻松上位，当然引起了王导的不满。

庾亮在石头城时，王导在东边的冶城坐镇。有一天刮起了西风，扬起漫天的尘土，王导气不打一处来，万般嫌弃地边用扇子扫去尘土边说："从元规那里飘过来的灰尘把人都弄脏了。"元规是庾亮的字。"元规尘"后来成了一个典故，比喻高官权贵权势熏天，气势凌人。

庾公权重，足倾王公。庾在石头，王在冶城坐，大风扬尘，王以扇拂尘曰："元规尘污人。"

《世说新语·轻诋 26-4》

注 石头：石头城，在今南京西。　　冶城：古城名，在今南京西。

当时的人们对庾亮的评价有好有坏，被称为深公的知名僧人竺道潜就曾说："人们都说庾亮是个名士，我看他胸中也就装了三斗多柴草荆棘。"大概意思就是说他心胸狭隘，像个草包，但比直接骂人草包文雅多了。

深公云："人谓庾元规名士，胸中柴棘三斗许。"

《世说新语·轻诋 26-3》

注 深公：竺道潜，字法深，晋代高僧。

不过，夸他的人也很多。不论道德修养还是风度举止，庾亮都称得上是一代名士，他不卖凶马的故事也广为流传。

庾亮有一匹的（dì）卢马。这种马的额头上长有白色斑纹，一直延伸到嘴部。按照迷信的说法，的卢马是凶马，也就是不吉利的马，会给主人带来厄运。当主人的骑了它会因犯事被处斩，主人家的仆人骑了它也会客死他乡。于是有人劝庾亮把这匹马卖掉。庾亮却说："如果我卖掉这匹马，那么必然会有一个人买这匹马，这样一来它又会害了它的新主人，我怎么能干这种把自己的灾祸转嫁到他人身上的事情呢？过去孙叔敖杀了两头蛇，为后人除害，传为美谈。如今我效仿他不卖凶马去害别人，不也算是通晓事理吗？"

　　孙叔敖是春秋时期楚国人。他小时候出外游玩时遇到一条长了两个头的蛇，传说见到两头蛇的人很快就会死掉，他担心以后别人再遇到这条蛇，于是就把蛇杀死埋掉了。不过，孙叔敖后来还是平安长大，并当上了相当于宰相的令尹。

庾公乘马有的卢，或语令卖去。庾云："卖之必有买者，即复害其主，宁可不安己而移于他人哉？昔孙叔敖杀两头蛇以为后人，古之美谈。效之，不亦达乎？"

《世说新语·德行1-31》

注 宁可：怎么能。

不管的卢马是不是真的会给人带来坏运气，庾亮这种"己所不欲，勿施于人"的做法还是值得称赞的。

庾亮长得高大英武，风流倜傥，举止优雅得体，当时的人们却认为庾亮可太能装了，显得很假。庾亮的大儿子叫庾会，小名叫阿恭，当时才几岁，气质优雅稳重，从生下来就是那样，人们这才明白可能这父子俩天性就是如此。

庾亮的朋友温峤也是相当孩子气，他想知道这孩子的稳重是不是装出来的。有一次，温峤到庾亮家做客时，从帷帐后面突然冒出来吓唬庾会，没想到这孩子面不改色心不跳，还很有礼貌地慢慢跪下来问道："君侯为什么做这样的事？"那帮爱品鉴人物的评论家认为这孩子的气质不比庾亮差。有人说："见到阿恭的样子，就知道他爹庾亮的优雅稳重不是装出来的。"

庾太尉风仪伟长，不轻举止，时人皆以为假。亮有大儿数岁，雅重之质，便自如此，人知是天性。

温太真尝隐幔怛之，此儿神色恬然，乃徐跪曰："君侯何以为此？"论者谓不减亮。苏峻时遇害。或云："见阿恭，知元规非假。"

《世说新语·雅量6-17》

注 温太真：温峤，字太真。　　　　　　君侯：对达官贵人的尊称。
　　怛（dá）：惊吓。

庾会长到十多岁时，在苏峻叛乱中被杀害。正是他爹庾亮直接引发了这场叛乱。

苏峻是平定王敦之乱的大功臣，庾亮掌权后，想要夺去他的兵权。苏峻干脆一不做二不休，打出讨伐庾亮的口号，起兵造反，很快打到了南京城下。

朝廷军队根本抵挡不住，庾亮坐着船南逃，投奔担任荆州刺史的陶侃，陶侃非常欣赏推重他。陶侃生性节俭吝啬，庾亮也很了解这一点，现在来投奔他，当然也要投其所好。

到吃饭的时候，有道菜是薤（xiè）菜。薤菜和大蒜有些相似。大蒜上面是绿色的叶子，下面是白色的鳞茎，也就是蒜头。薤菜的嫩叶和鳞茎都可以吃，鳞茎也叫薤（jiào）头。庾亮只吃叶子，留下了白色的薤头。陶侃忍不住皱了皱眉头：这都到什么时候了，吃东西怎么还挑三拣四呢？于是问他："留下这东西做什么？"庾亮说："还可以种。"陶侃一听，可太高兴了，连连为庾亮点赞，说他不只是风度优雅，还真有治理国家的实际才干呢！

苏峻之乱，庾太尉南奔见陶公，陶公雅相赏重。陶性俭吝。及食，啖薤，庾因留白。陶问："用此何为？"庾云："故可种。"于是大叹庾非唯风流，兼有治实。

《世说新语·俭啬29-8》

注　庾太尉：庾亮。　　　　　　　　雅：极，很。
　　陶公：陶侃。

庾亮逃到南方后，和江州刺史温峤一起推举陶侃为盟主，合力平定了苏峻之乱。在此之后，庾亮又不顾文武大臣的反对，想要派兵北伐。但当时的东晋，根本没有实力实现庾亮收复北方故土的梦想，北伐还没来得及开始就结束了，庾亮非常郁闷，不久就病死了。朝廷追封他为太尉，谥号"文康"。

庾亮死后，曾担任过扬州刺史的何充来参加葬礼，他伤心地说："把玉树埋在泥土中，让人在情感上怎么能平静下来啊！"

庾文康亡,何扬州临葬,云:"埋玉树著土中,使人情何能已已!"

《世说新语·伤逝17-9》

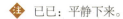 注 已已:平静下来。

 世说小百科

廉者不求,贪者不与

东晋高僧康法畅去拜访太尉庾亮时,手里拿着一柄非常漂亮的麈尾。

麈是古书上说的一种鹿类动物,麈尾就是用麈尾巴上的毛制成的拂尘,形状像扇子,既可以用来掸尘土、驱赶蚊虫,也可以当扇子用。不过在魏晋时期,麈尾更像是一种时尚单品,就像现在有些人喜欢戴名牌表、背名牌包一样。魏晋名士们坐在一起清谈时,喜欢拿一柄麈尾,边说话边挥舞指点,以显示洒脱的风度。

所以庾亮看到康法畅,目光立刻被他手里的麈尾吸引过去了,忍不住啧啧称赞,问他说:"这柄麈尾真是不错,怎么还能够在你自己手里呢?"康法畅说:"廉洁的人不会找我要,贪婪的人找我要我也不给,所以还在我手中。"

康法畅分析问题的思路清晰,话说得也很有道理。在生活中,如果有人向你索要你的心爱之物你又不想给时,也可以用这句话来回绝他。

 康法畅造庾太尉,握麈尾至佳。公曰:"此至佳,那得在?"

法畅曰:"廉者不求,贪者不与,故得在耳。"

《世说新语·言语2-52》

陶侃

为了招待客人，
差点儿把房子给拆了

　　在注重门第出身的魏晋时期，有一个出身寒门的人后来却成了东晋政坛上举足轻重的人物，他就是上篇中提到的连庾亮都要放下身段来讨好的陶侃。如果这个名字你不太熟悉，那他的曾孙东晋大诗人陶渊明你肯定听说过。

　　不像那些高门大族的子弟，一出生就有光明美好的前程，陶侃的成功主要靠他个人的勤奋与努力，但他的成长与进步离不开母亲的大力支持和悉心教导。

　　战国时有孟母三迁，晋朝时有陶母剪发待宾。孟母搬家是为了让孟子能在教育环境更好的地方成长，陶母剪下长发换钱是为了让陶侃能和更优秀的人交上朋友。"剪发待宾"后来也成了热情待客的著名典故。其实，陶母为了能招待好客人，不仅剪掉了一头长发，还差点儿把家里的房子都给拆了。

　　陶侃年少时就有着远大的志向。他很小的时候父亲就去世了，他和母亲湛氏相依为命，家里极度贫困。

同郡有个叫范逵的人，向来很有名望，被地方上推举为孝廉。范逵去京城洛阳时路过陶侃家，来他家投宿。当时已经接连下了好些天雪，陶侃家里一贫如洗，什么待客的东西都没有，而范逵带来的随从马匹又多。拿什么来招待这么一大帮人马呢？陶侃很为难。母亲湛氏却对陶侃说："你只管出去把客人留下来，其他的事交给我，我自有办法。"

陶公少有大志，家酷贫，与母湛氏同居。同郡范逵素知名，举孝廉，投侃宿。于时冰雪积日，侃室如悬磬，而逵马仆甚多。侃母湛氏语侃曰："汝但出外留客，吾自为计。"

湛头发委地，下为二髲，卖得数斛米；斫诸屋柱，悉割半为薪；锉诸荐，以为马草。日夕，遂设精食，从者皆无所乏。逵既叹其才辩，又深愧其厚意。

明旦去，侃追送不已，且百里许。逵曰："路已远，君宜还。"侃犹不返。逵曰："卿可去矣。至洛阳，当相为美谈。"侃乃返。

逵及洛，遂称之于羊晫、顾荣诸人，大获美誉。

《世说新语·贤媛19-19》

注　孝廉：汉代选拔官吏的两种科目。孝，孝子；廉，廉洁之士。后来被举荐的人也称为"孝廉"。
室如悬磬（qìng）：形容屋内空无所有。磬，古代的一种打击乐器。

髲（bì）：假发。
锉（cuò）：铡碎。
荐：草垫。

湛氏有一头长长的头发，一直拖到地上，她便把头发剪下来做成两条假发卖了，买回来几十斗米。她又把支撑房子屋顶的木柱全都削下来一半当柴烧，把家里铺的坐的草垫子铡碎了做草料喂马。

到了晚上，湛氏像神奇的魔法师一般准备好了一桌精美的食物，连范逵的随从们都得到了周到的招待。范逵和陶侃聊了一晚上，

对他的才智和口才非常叹服。对陶家如此热情的款待，范逵也是感动中又带了一份愧疚。

　　范逵第二天早上离开时，陶侃一路追着送他，不知不觉中便送出了一百多里。范逵说："已经送出这么远了，你该回去了。"陶侃还是不肯回。范逵安慰他说："你回去吧。等到了洛阳，我一定会多多为你美言。"陶侃这才回去。

　　范逵到洛阳后，在羊晫（zhuó）、顾荣等多位名士面前极力称赞陶侃，大大宣扬了陶侃的名声。

　　虽然有了些名声，但因为出身太过普通，陶侃年轻时一直在基层工作。他曾经担任过管理鱼梁的官吏。鱼梁是一种拦水捕鱼的堤坝，用泥土石块截断水流，中间留个缺口，放上竹篓捕鱼。

　　有一次，陶侃托人给他妈送去一罐腌鱼。俗话说"知子莫若母"。他妈知道，儿子虽然孝顺，但从小节俭，他现在正当着负责捕鱼的小官，这腌鱼多半不是他自己掏钱买的。于是，他妈把这罐腌鱼封好，让捎鱼来的人带回去，还写了封信责备陶侃说："你身为官吏，拿公家的东西送给我，这样做不但对我毫无益处，反倒增添了我对你的担忧啊！"

陶公少时作鱼梁吏，尝以坩鲊饷母。母封鲊付使，反书责侃曰：
"汝为吏，以官物见饷，非唯不益，乃增吾忧也。"

《世说新语·贤媛19-20》

注　坩（gān）：装物品的陶器。　　　　　　　鲊（zhǎ）：腌制的鱼。

一罐腌鱼虽然值不了多少钱，陶母却从这件小事中看出了不好的苗头。现在当个小官就能利用职务之便拿公家的东西，那将来当了大官还不得成箱成箱地往家里搂钱啊！所以陶母防微杜渐，严厉地批评了儿子，就是想让他做一个正直清廉的好官。如果历史上能多一些这样通晓事理、重视孩子品德教育的家长，贪官一定会少很多。

在西晋后期的动荡中，陶侃终于迎来了机遇。擅长带兵打仗的他在多场战斗中立下大功，再加上朋友的推崇、领导的赏识，陶侃步步高升，后来做到了荆州刺史，大致相当于现在的省长。

陶侃为人方正严肃，工作勤勤恳恳。他担任荆州刺史时，吩咐负责建造船只的官员，把工场里锯木头时产生的木屑全都收集起来，有多少收多少。上上下下的人都不明白留着这些锯木屑有什么用。后来到了正月初一官员集会时，正碰上一连下了几天的雪，天刚刚放晴，地上的积雪融化，到处都是一片泥泞，官府正堂前的台阶上又湿又滑。陶侃让人把收集的锯木屑铺在台阶上，人们进进出出，鞋不湿地不滑，非常方便。

官府要用竹子时，陶侃总是让人把锯下来的竹根留下来，日积月累，竹根堆积得像小山一样。后来将军桓温率军沿长江西上攻打蜀中的成汉国，要组装战船，这些竹根正好派上用场，全都用来做成了竹钉。

还有人说，陶侃曾经征用当地的竹篙。有一个主管官员让人把竹子连根挖出，用坚硬的竹根充当竹篙下端原本要另外加装的铁脚。陶侃特别欣赏这种有奇思妙想、能做到物尽其用的官员，便连升两级破格提拔任用这个官员。

> 陶公性检厉，勤于事。作荆州时，敕船官悉录锯木屑，不限多少。咸不解此意。后正会，值积雪始晴，听事前除雪后犹湿，于是悉用木屑覆之，都无所妨。
>
> 官用竹，皆令录厚头，积之如山。后桓宣武伐蜀，装船，悉以作钉。
>
> 又云，尝发所在竹篙，有一官长连根取之，仍当足，乃超两阶用之。

《世说新语·政事3-16》

注 检厉：方正严肃。　　　　　　除：台阶。
录：收集。　　　　　　　　　厚头：锯下来的竹根。
正（zhēng）会：指正月初一的大集会。　桓宣武：桓温，谥号宣武。
听事：厅堂。　　　　　　　　发：征用。

陶侃两次出任荆州刺史，在他的治理下，荆州百姓安居乐业，路不拾遗。后来的苏峻之乱中，他又被大家推为盟主，率领各路军队成功平定了叛乱，因功被任命为太尉，掌管七个州的军队，被封为长沙郡公。

即便陶侃取得了这么大的功绩，拥有了这么高的权位，却仍会因为出身寒门而被人轻视，他的后代也因为家庭出身而被人瞧不起。

后来，文学家袁宏在撰写称颂王室东渡、在众多士族的辅佐下建立东晋的《东征赋》时，对陶侃只字未提。陶侃有个儿子叫陶范，小名叫胡奴。他心里气不过，就把袁宏骗到一间密室里，拔出刀指着他质问道："先父建立了这么大的功勋伟业，您写《东征赋》为什么忽略了他？"

袁宏又窘迫又为难，一时也想不出别的应对之辞，便说："我可是在文章中把陶公大大称赞了一番，怎么说没有写呢？"于是就开始即兴创作，朗诵道："精炼的金属经历过千锤百炼，任何物品都能切割能砍断。文能安定人心，武能平定叛乱。长沙郡公的功勋，为史家所称赞。"

> 袁宏始作《东征赋》，都不道陶公。胡奴诱之狭室中，临以白刃，曰："先公勋业如是，君作《东征赋》，云何相忽略？"
> 宏窘蹙无计，便答："我大道公，何以云无？"因诵曰："精金百炼，在割能断。功则治人，职思靖乱。长沙之勋，为史所赞。"

《世说新语·文学 4-97》

注 窘蹙（cù）：窘迫，为难。　　　职：执掌，主管。　　　靖（jìng）：平定。

陶范把刀架在作者的脖子上，才为他爹争取到一小块版面，而他自己后来遭遇到的一件事，更是让人哭笑不得。

出身于琅邪王家的王胡之在浙江东山居住时，穷困潦倒。陶胡奴当时正在附近的乌程县当县令，就派人送了一船米给他。王胡之却不肯要，话也说得相当不客气："我王胡之如果饿肚子，自然会去找谢尚要吃的，不需要他陶胡奴的米。"

> 王修龄尝在东山，甚贫乏。陶胡奴为乌程令，送一船米遗之。却不肯取，直答语："王修龄若饥，自当就谢仁祖索食，不须陶胡奴米。"

《世说新语·方正 5-52》

注 王修龄：王胡之，字修龄。　　　　　　遗（wèi）：赠送。
东山：在今浙江上虞，为当时名士隐居之地。　　却：退还，不受。
陶胡奴：陶范，小字胡奴。　　　　　　　　谢仁祖：谢尚，字仁祖。
乌程：在今浙江湖州南。

谢家和王家都是当时的大家族。王胡之宁可饿肚子，宁可去找谢家人讨要，也不接受寒门子弟送上门的礼物。从这也能看出，当时的人有多看重门第的高低。幸运的是，这样看重出身、忽视个人能力的时代早已经过去了。

王羲之

大书法家的
另一面

　　王羲之是中国历史上著名的大书法家，被人们称为"书圣"。人们形容他的书法作品笔势"飘若浮云，矫若惊龙"。不过你知道吗？这两个生动形象的比喻最早是用来形容王羲之本人的。

　　　时人目王右军："飘如游云，矫若惊龙。"

《世说新语·容止 14-30》

　注　王右军：王羲之，曾担任右军将军，所以被称为"王右军"。

　　当时的人们评价王羲之："**飘如游云，矫若惊龙。**"他体态飘逸，像浮云在天空自在飘荡；他身形矫健，像受惊的龙在舞动。都说"字如其人"，所以这话用来形容他的书法作品也是很合适的。

　　《世说新语》是一部主要讲人物言行和故事的书，对王羲之在书法艺术上取得的成就基本没提，我们就通过下面这几个小故事，来了解一下王羲之在书法家身份之外的另一面吧！

王羲之也来自琅邪王家，王衍、王敦、王导都是他的堂伯父。但哪怕是同一个家族的亲人，如果关涉到非常机密的大事，伯父也会对侄子痛下杀手。好在王羲之从小就非常聪明，他靠着自己的机智躲过了一场杀身之祸。那一年，王羲之还不满十岁。

大将军王敦非常喜欢小王羲之，常常把他留在自己的床帐中一起睡。

一天早上，王敦先起床了，王羲之还在睡觉。过了一会儿，王敦手下的军官钱凤进来，王敦让屋子里的侍从都退出去了，却全然忘了王羲之还在床上。两个人开始商量起兵造反的阴谋。王羲之醒来，正好听到他们商量的事，心里明白，如果让他们知道自己听到了他们的阴谋，肯定就没命了，于是就用手抠嗓子眼儿让自己呕吐，吐出来的脏东西弄得头脸被褥上都是，假装熟睡。

王右军年减十岁时，大将军甚爱之，恒置帐中眠。

大将军尝先出，右军犹未起。须史，钱凤入，屏人论事，都忘右军在帐中，便言逆节之谋。右军觉，既闻所论，知无活理，乃剔吐污头面被褥，诈孰眠。

敦论事造半，方忆右军未起，相与大惊曰："不得不除之！"及开帐，乃见吐唾从横，信其实孰眠，于是得全。于时称其有智。

《世说新语·假谲27-7》

注 减：不到，不满。
屏（bǐng）：屏退，让人避开。
逆节：叛逆造反。
孰：同"熟"。

造半：到一半。
相与：一起，共同。
从横：纵横，指吐出的东西乱七八糟、狼藉不堪的样子。

王敦说到一半时，猛然想起王羲之还在床上睡，两个人都大惊失色，说："这孩子一定得除掉！"两人赶紧过来掀开帐子一看，只见床上枕边吐得一塌糊涂，孩子还在呼呼大睡，便相信他的确是在熟睡，王羲之这才得以保全性命。这件事后来传出去后，当时的人都说王羲之是个小机灵。

王家是世家大族，王家的子弟又都长得帅、有才华，当时很多高官贵族都想和王家结亲。

太傅郗（xī）鉴想从王家子弟中选个女婿，他驻守在京口时，特意派门生送信给丞相王导说了这事。王导对郗鉴派来的使者说："你去东厢房吧，我家子弟都在那里，随便你挑。"

这位门生回去后对郗鉴说："王家的几位郎君都很不错，只是听说有人来挑女婿，都变得很拘谨，装模作样的，显得很做作。只有东边床上的一位郎君，袒胸露腹地躺在那里，像没听到这件事一样。"郗鉴说："就这个郎君好！"派人一打听，这个人就是王羲之，郗鉴便把女儿嫁给了他。

成语"东床坦腹"就出自这里，人们把女婿美称为"东床""东床快婿"，都是借用了王羲之的典故。

> 郗太傅在京口，遣门生与王丞相书，求女婿。丞相语郗信："君往东厢，任意选之。"
>
> 门生归，白郗曰："王家诸郎亦皆可嘉，闻来觅婿，咸自矜持。唯有一郎在东床上坦腹卧，如不闻。"郗公云："正此好！"访之，乃是逸少，因嫁女与焉。

《世说新语·雅量6-19》

注　郗太傅：郗鉴。　　　　　　　　　信：使者。
　　京口：古城名，今江苏镇江。　　　矜持：指拘谨，做出端庄严肃的样子。
　　门生：投靠世家豪族的门客。　　　逸少：王羲之，字逸少。

嫁给王羲之的这位姑娘名叫郗璿（xuán），是一位有见识有智慧、自尊感也很强的女子。她嫁到王家后，两个弟弟郗愔（yīn）和郗昙常来王家做客。郗家也是大家族，但远没有另一个家族谢家的声望高。谢家人来做客时，招待的规格那可就太高了。

郗璿看在眼里，气在心头，对王家招待客人还要看门户高低的做法非常不满。她对两个弟弟说："王家人接待谢安、谢万，每次都是翻箱倒柜，恨不得把家里所有的好东西都拿出来；看到你们来了，却只是平平淡淡而已。你们以后也用不着再来了。"

王右军郗夫人谓二弟司空、中郎曰："王家见二谢，倾筐倒庋；见汝辈来，平平尔。汝可无烦复往。"

《世说新语·贤媛19-25》

注 司空：郗愔，郗鉴的长子，死后追赠为司空。　　倾筐倒庋（guǐ）：形容倾其
中郎：郗昙，郗鉴的次子，曾担任中郎将。　　　所有，热情款待。庋，放东
二谢：指谢安、谢万。　　　　　　　　　　　　西的架子。

王羲之对谢家来的客人另眼相待，甚至比对小舅子还热情，确实跟谢家地位更高有关系，但也是因为王羲之和谢安的私交很好。王羲之比谢安大十多岁，但并不妨碍两人成为好朋友，他们经常一起结伴游山玩水，聊天谈心。

谢安年轻时就以擅长清谈而闻名，但他只想过隐居山林的悠闲日子，不想去职场打拼，朝廷多次给他发来入职通知，都被他拒绝了。王羲之觉得，自己作为年长的朋友，有必要劝这位小老弟几句。

有一次，两人登上都城西边的冶城，谢安悠闲地眺望远方，凝神遐想，怀着超脱于尘世之外的志趣。

王羲之就对他说："夏禹为国事操劳，手上脚上都长出了老茧；周文王忙于政事，天黑后才吃上饭，每天都觉得时间不够用。现在国家战事不断，人人都应该为国效力，如果一味地沉迷于空洞的清谈，荒废政务，执着于浮华的文辞，妨害国事，这恐怕不是当前应该做的吧。"

谢安听后，一句话就把王羲之怼了回去："秦国任用商鞅实

行严刑峻法，可是秦朝传了两代就灭亡了，这难道也是清谈造成的祸患吗？"

王右军与谢太傅共登冶城，谢悠然远想，有高世之志。

王谓谢曰："夏禹勤王，手足胼胝；文王旰食，日不暇给。今四郊多垒，宜人人自效，而虚谈废务，浮文妨要，恐非当今所宜。"

谢答曰："秦任商鞅，二世而亡，岂清言致患邪？"

《世说新语·言语2-70》

注　谢太傅：谢安，去世后追封为太傅。　　　日不暇给（jǐ）：时间不够用。
高世：高出世俗之上。　　　　　　　　四郊多垒：原指四外郊野都是营
勤王：勤于国事。　　　　　　　　　　垒，战事紧逼。这里指战事频繁。
胼胝（pián zhī）：手上脚上因劳动磨出硬茧。　　清言：指崇尚老庄的清谈之风。
旰（gàn）食：天晚了才吃饭。旰，天色晚，晚上。

　　虽然老大哥的意见谢安并没有听取，但两人的友谊维持了一生。后来，当已经身居高位的谢安遭遇中年危机时，他首先想到的是来找老朋友王羲之倾诉。

　　谢安说："人啊，真是年纪越大越容易悲伤。自从进入中年以来，经常受到哀

151

伤情绪的折磨，每次和亲戚朋友分别，总要伤心难过好几天。"
王羲之安慰他说："人到了晚年，自然就会这样，只能借助音乐
来陶冶性情，抒发忧思，还常常怕被孩子们知道后也学我这样寄
情于音乐，荒废大好年华，这肯定会减少我这份欢乐的趣味。"

谢太傅语王右军曰："中年伤于哀乐，与亲友别，辄作数日恶。"
王曰："年在桑榆，自然至此，正赖丝竹陶写，恒恐儿辈觉，损欣
乐之趣。"

《世说新语·言语2-62》

注 哀乐：这里只指哀伤。　　　　　　丝竹：指音乐。丝为弦乐器，竹为管乐器。
桑榆：原指夕阳的余晖照在桑树、　　陶写：陶冶性情，抒发忧思。
榆树的梢头，比喻人的晚年。

　　王羲之这样飘逸洒脱的一代名士，到了晚年弹弹琴听听音乐
都担心会给孩子们带来负面影响。只能说"可怜天下父母心"，
做父母的永远都有为孩子操不完的心。

　　王羲之有七个儿子，《世
新语》里收录了很多关于他们的
有趣故事，下一篇我们就会讲讲
王羲之的孩子们。

世说小百科

耳聪目明的郗夫人

王羲之的夫人郗璿活到了九十多岁，在古代算是相当少见的老寿星了。王惠是王羲之的孙辈，比王羲之小八十二岁，后来做过南朝刘宋的吏部尚书。

他去看望王羲之的夫人时，见老太太虽然一头白发，牙齿也掉光了，但精神头看着还挺不错，就问她："您的眼睛耳朵没觉得有什么不舒服吧？"

郗璿回答说："头发变白，牙齿脱落，那是人身体上的毛病；至于眼睛和耳朵，关系到人的精神，怎么能眼花耳聋，与人隔绝呢？"

郗璿说的是关于人的身体和精神的问题，表达的是人的精神超脱于形骸之外的观点。发白齿落，身体上的衰老只能顺其自然，但人的精神不能退化老去，只有保持耳聪目明，才能和外界顺畅沟通。

王尚书惠尝看王右军夫人，问："眼耳未觉恶不？"答曰："发白齿落，属乎形骸；至于眼耳，关于神明，那可便与人隔？"

《世说新语·贤媛19-31》

工作不上心，爱玩第一名

　　王羲之的七个儿子中，在书法上成就最高的是最小的儿子王献之，他和父亲被后人并称为"二王"。王献之和五哥王徽之最要好。即便是现在，兄弟姐妹也容易被人们拿来作比较，更不用说在评点成风的魏晋时期了。王徽之和王献之就经常被人们拿来比较。

　　曾经有一次，王徽之和王献之同坐在一个房间里，房子突然着火了。王徽之着急忙慌地跑了出去，连木屐都来不及穿；王献之却神色平静安闲，慢悠悠地叫来随从，扶着随从走了出去，就跟平时一样。人们从这件事判断出王家这两兄弟神情气度的高下。

　　按照当时的评判标准，当然是临危不乱、沉着稳重的王献之更有风度。但遇到房子着火这种可能危及生命的灾难，我们要第一时间想办法逃生，千万不要学王献之讲究什么仪态风度。所以放到现在来说，王徽之才是遇险自救的榜样。

王子猷、子敬曾俱坐一室，上忽发火。子猷遽走避，不惶取屐；子敬神色恬然，徐唤左右，扶凭而出，不异平常。世以此定二王神宇。

《世说新语·雅量6-36》

注 王子猷（yóu）：王徽之，字子猷。　　　　惶：同"遑"，闲暇。
子敬：王献之，字子敬。　　　　　　　恬然：安闲的样子。
遽（jù）：急。　　　　　　　　　　　神宇：神情器宇。

王徽之是个性格高傲、任性放达的人，他不仅珍爱生命，更爱生活、爱玩乐，唯独不爱工作。王徽之曾在车骑将军桓冲手下担任骑兵参军，这是一个负责管理马匹牧养的官职。如果不解释，别说你不知道，就连王徽之自己都不太清楚。

有一次，桓冲问他："你在哪个部门上班啊？"王徽之回答说："不知道是什么部门，只是不时看到有人牵马来，看上去像是个养马的部门。"

桓冲又问："那你们部门有多少匹马啊？"王徽之说："我又不问马的事，怎么会知道有多少匹马呢？"

桓冲又接着问："近来死的马有多少？"王徽之回答说："活的我都不知道，哪里会知道死的呢？"

王子猷作桓车骑骑兵参军。桓问曰："卿何署？"答曰："不知何署，时见牵马来，似是马曹。"
桓又问："官有几马？"答曰："不问马，何由知其数？"
又问："马比死多少？"答曰："未知生，焉知死？"

《世说新语·简傲24-11》

注 桓车骑：桓冲，东晋权臣桓温的弟弟，　　　马曹：管马匹的官署。
担任过车骑将军。　　　　　　　　　　　何由：怎么，如何。
署：官署，部门。　　　　　　　　　　　比：近来，近期。

虽然工作上的事一问三不知，但在上面这段短短的对话中，王徽之两次借用了儒家经典《论语》中的句子。"不问马"说的是有一次马房失火，孔子听说后就问"有没有伤到人"，却没有问马的情况。"未知生，焉知死"也是孔子说的话，弟子向孔子请教人死之后会是什么样子，孔子回答说："我们连一个人活着的道理都还没搞清楚，怎么会知道死后的情形呢！"

可见王徽之这个士族子弟虽然对工作上的事一点儿都不上心，但他不仅熟读经典，还能活学活用，引用《论语》金句回答领导的问话，文化素养还是相当高的。

要说到玩，王徽之可以说是玩出了新高度、新境界。赶了一夜的路去拜访朋友却不用见到朋友，临时住的房子也要精心种上绿植，去观赏人家的竹园却不跟主人打招呼，这些都是他做出来的事。

王徽之住在山阴的时候，有一天半夜里下起了雪。他一觉醒来，见下雪了，立即穿衣起床，打开房门，叫小僮温来热酒，边喝酒边欣赏屋外纷纷扬扬的雪景。四下里望望，只见满室透亮，天地之间更是一片洁白。

美丽的雪景让王徽之莫名激动，他站起身在屋子里徘徊，高声吟诵着左思的《招隐诗》，突然想起了老朋友戴逵。当时戴逵住在剡（shàn）县，王徽之就连夜坐了小船去拜访他。

船行了一夜，到戴逵家门口时天已大亮。船夫停下船，王徽之却说："好了，我们回去吧。"船夫很奇怪，王徽之却说："吾本**乘兴而行，兴尽而返**，何必见戴！"我本来就是乘着有兴致时说走就走，现在没有兴致了说回去就回去，何必一定要见到戴逵呢！

王子猷居山阴，夜大雪，眠觉，开室命酌酒，四望皎然。

因起彷徨。咏左思《招隐诗》，忽忆戴安道。时戴在剡，即便夜乘小船就之。

经宿方至，造门不前而返。人问其故，王曰："吾本乘兴而行，兴尽而返，何必见戴！"

《世说新语·任诞23-47》

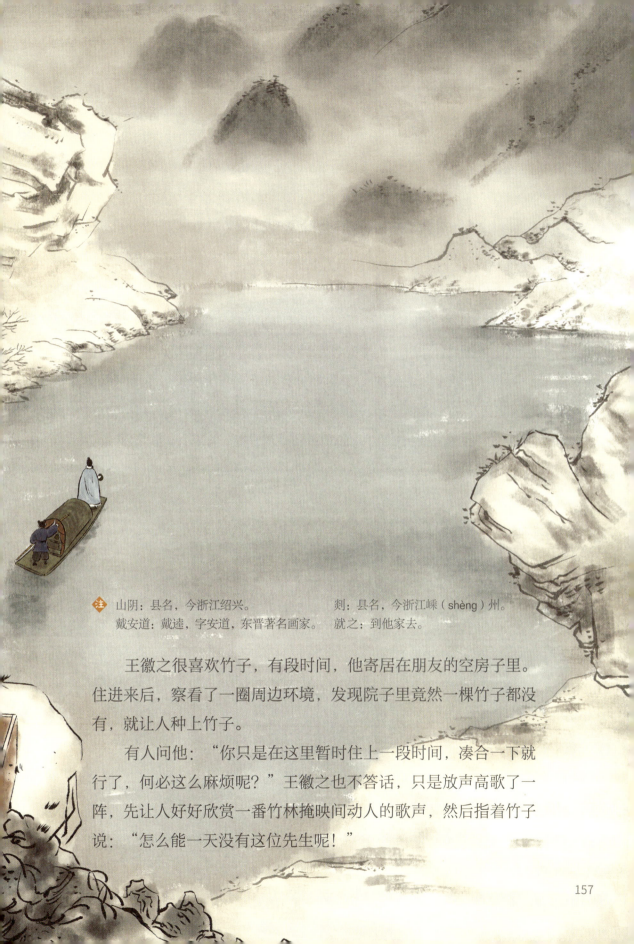

注 山阴：县名，今浙江绍兴。　　　剡：县名，今浙江嵊（shèng）州。
戴安道：戴逵，字安道，东晋著名画家。　就之：到他家去。

　　王徽之很喜欢竹子，有段时间，他寄居在朋友的空房子里。住进来后，察看了一圈周边环境，发现院子里竟然一棵竹子都没有，就让人种上竹子。

　　有人问他："你只是在这里暂时住上一段时间，凑合一下就行了，何必这么麻烦呢？"王徽之也不答话，只是放声高歌了一阵，先让人好好欣赏一番竹林掩映间动人的歌声，然后指着竹子说："怎么能一天没有这位先生呢！"

157

王子猷尝暂寄人空宅住，便令种竹。或问："暂住，何烦尔？"王啸咏良久，直指竹曰："何可一日无此君！"

《世说新语·任诞 23-46》

不仅自己临时住的地方要有竹子，别人家的好竹子王徽之也不会放过。有一次他路过吴郡时，看到一户人家里的竹林特别漂亮。竹园主人知道喜欢竹子的王徽之肯定会来，就特意洒扫布置了一番，坐在厅堂里等他。

王徽之却坐着轿子径直去了竹林里，又是吟诵又是唱歌又是吹口哨，玩了很久。主人见王徽之不来搭理他，很是失望，但还是抱有一丝希望，心想他临走时总会派人过来通报一声吧。可没想到，王徽之连招呼都不打就准备径直走了。

这下主人可忍不了了，命令手下关上大门，不让王徽之出去。王徽之一看，嚯！这家主人也是相当有个性啊，我喜欢！于是他留了下来，和主人尽情畅谈了一番才走。

王子猷尝行过吴中，见一士大夫家极有好竹。主已知子猷当往，乃洒扫施设，在听事坐相待。

王肩舆径造竹下，讽啸良久。主已失望，犹冀还当通，遂直欲出门。

主人大不堪，便令左右闭门，不听出。王更以此赏主人，乃留坐，尽欢而去。

《世说新语·简傲 24-16》

注 吴中：吴郡，治所在今江苏苏州。　　　　　　　　　径造：直接到。
士大夫：指官员，也指没有做官但有声望的读书人。　　不堪：不能忍受。
肩舆：轿子类的代步工具。

同样是看别人家的园子，弟弟王献之的遭遇却大不相同。王徽之被主人关上门强行留在家里，王献之却差点儿被主人直接赶出门，场面一度相当尴尬。不过以王献之处变不惊的个性，遇到这种情形，只要自己不尴尬，尴尬的就是别人。

王献之从会稽（kuài jī）郡出发路过吴郡时，听说有个叫顾辟疆的人有一座非常出名的园林。他原先并不认识园子的主人，也没有通报，就直接跑到人家府上去了，正碰上顾辟疆在园林里设宴，和宾客朋友们畅饮。王献之来后，游遍了整座园林，边看还边指指点点，说这个景不错，那个景差了点儿意思，满园的宾客在他眼里就像空气一般。顾辟疆实在是忍不住了，勃然大怒，说："对主人傲慢，这是不懂礼貌；凭着自己地位高贵而轻视别人，这是不讲道德。既不懂礼貌又不讲道德，这种人根本不值得一提，太粗俗了！"说完就把王献之的随从们赶出门去了。

王献之独自一人坐在轿子里，左顾右盼，等了很久也不见随从们过来，他只好请顾辟疆派人把他送到门外。不过在离开时，王献之还是一副怡然自得、满不在乎的样子。

王子敬自会稽经吴，闻顾辟疆有名园，先不识主人，径往其家。

值顾方集宾友酣燕，而王游历既毕，指麾好恶，傍若无人。顾勃然不堪，曰："傲主人，非礼也；以贵骄人，非道也。失此二者，不足齿之，伧耳！"便驱其左右出门。

王独在舆上，回转顾望，左右移时不至，然后令送著门外，怡然不屑。

注 会稽：郡名，治所在今浙江绍兴。　　　　　　伧：粗俗，鄙陋。
酣燕：畅快地饮酒吃饭。燕，同"宴"。　　　舆：肩舆，轿子。
指麾（huī）：指点评论。　　　　　　　　　怡然：愉快的样子。
齿：谈论，提及。　　　　　　　　　　　　不屑：不介意，不在乎。

王徽之、王献之哥儿俩寿命都不长，只活了四十多岁。这一年，两人都得了很重的病，王献之先死了。王徽之问身边的侍从："怎么这几天都没听到子敬的一点儿消息？看来他已经死了啊！"说这话时并没有露出悲伤的神色。

王子猷、子敬俱病笃，而子敬先亡。子猷问左右："何以都不闻消息？此已丧矣！"语时了不悲。

便索舆来奔丧，都不哭。子敬素好琴，便径入坐灵床上，取子敬琴弹，弦既不调，掷地云："子敬，子敬，人琴俱亡！"因恸绝良久。月余亦卒。

王徽之叫人备了车子去奔丧。到了王献之家，果然家中已经搭起了灵堂。王徽之一滴眼泪也没掉。王献之生前喜欢弹琴，王徽之径直走进去坐在灵床上，拿过弟弟的琴来弹，琴弦却怎么也调不准音。王徽之把琴摔到地上说："子敬啊子敬，人死了，连琴都跟着死了啊！"说完放声大哭，悲痛欲绝，久久无法平复。

一个多月后，王徽之也追随弟弟而去。

管 中 窥 豹

魏晋时期，很流行一种名为樗蒲（chū pú）的棋类游戏。"樗"是指臭椿（chūn）树，樗蒲因为游戏中用来投掷的色子最早是用臭椿木制成而得名。樗蒲的玩法有些像现在的飞行棋，通过扔色子来决定前进的步数。这种游戏大约起源于东汉，唐代时仍很流行，到南宋时期才逐渐衰落。

王徽之的弟弟王献之从小就像个小大人。他几岁大的时候，在旁边看门客们玩樗蒲，看他们快要分出输赢时便说："南风不竞。"意思是说坐在南边的人要输了。门客们轻视他是个小孩子，就说："此郎亦**管中窥豹，时见一斑**。"这位小郎也是从竹管里看豹子，只能看到一点儿斑纹而已。王献之气得瞪大了眼睛说："比远的，我愧对荀奉倩；比近的，我愧对刘真长。"说完甩甩袖子就走了。

荀奉倩是三国时期的荀粲，刘真长是东晋当代的刘惔，两人都以交友慎重而著称，不屑于和俗人交往。王献之说这话的意思是，你们瞧不上我是个小孩子，我还懒得搭理你们这些俗人呢！

成语"管中窥豹"就出自这个故事，比喻认识片面，看不到事物的全貌。

王子敬数岁时，尝看诸门生樗蒲，见有胜负，因曰："南风不竞。"门生辈轻其小儿，乃曰："此郎亦管中窥豹，时见一斑。"子敬瞋（chēn）目曰："远惭荀奉倩，近愧刘真长。"遂拂衣而去。

《世说新语·方正 5-59》

桓温

流芳百世还是
遗臭万年

晋明帝司马绍时，大将军王敦发动叛乱的故事你还记得吧，这样一个叛将竟然也会成为别人的偶像。他的这个粉丝就是司马绍的女婿桓温。

王敦死去几十年后，桓温经过王敦的墓前，看着坟墓说道："真是个称人心意的人！真是个称人心意的人啊！"

桓温行经王敦墓边过，望之云："可儿！可儿！"

《世说新语·赏誉8-79》

> 注 可儿：可人，即可爱的人，称人心意的人。

为什么王敦能这么称桓温的心意呢？只能说，桓温和王敦是一路人。

桓温年轻时便竭力结交名流，提升自己的名气，娶了司马绍的女儿为妻后，更是一路加官进爵。他带兵攻灭成汉，北伐收复洛阳，被任命为大司马，独揽东晋大权，权势和影响力都不输当年的王敦。坐上这样的高位后，再往上攀升的空间已经不多了。

当时的名士刘惔这样形容桓温的外貌和气质："他的双鬓像炸开的刺猬毛，眉毛像有棱有角的紫石英，正是孙权、司马懿那一类的人物。"孙权是三国时期东吴的开国皇帝，司马懿则是西晋王朝重要的开创者和奠基人。刘惔把桓温和这两个人相提并论，说明他已经看出桓温怀着想要篡位称帝的野心。

刘尹道桓公："鬓如反猬皮，眉如紫石棱，自是孙仲谋、司马宣王一流人。"

《世说新语·容止 14-27》

注 刘尹：刘惔，担任过丹阳尹，所以称"刘尹"。　　司马宣王：司马懿，被其子
孙仲谋：孙权，字仲谋。　　　　　　　　　　　司马昭追赠为宣王。

刘惔确实好眼力。桓温的野心不光是自己放在心里想想，有一次，他在私人场合说出了一句惊世骇俗的名言。

当时，桓温躺在床上，对他的亲信说："像现在这样无声无息，无所作为，将来到了地下也会被文帝、景帝嘲笑。"接着，他突然坐起来说道："即便不能流芳百世，难道还不能遗臭万年吗？"

桓公卧语曰："作此寂寂，将为文、景所笑。"既而屈起坐曰："既不能流芳后世，亦不足复遗臭万载邪？"

《世说新语·尤悔 33-13》

注 寂寂：指无所作为。　　　　　　　　　不足：不能。
屈起：突然。屈，同"崛"。

文帝和景帝是指司马懿的两个儿子晋文帝司马昭和晋景帝司马师。这两个人虽然都没当过皇帝，但他们追随司马懿前赴后继，执掌曹魏大权，为司马昭的儿子司马炎称帝打下了坚实的基础。后

来，接收了胜利果实的司马炎把他爹、他伯伯、他爷爷都追封为帝。

桓温说这话的意思相当明显，就是要向司马昭和司马师学习，即便自己当不上皇帝，也要为子孙后代努力奋斗，做不了皇帝还能当皇帝他爹嘛！成功了就能流芳百世，失败了也能遗臭万年，反正都能出名。

桓温靠军功赢得了权力和威望，他在管理上也有一套。有一次，桓温宴请手下的官员。一位参军用筷子去夹蒸薤头，结果菜粘连绞结在一起，一时夹不起来，同桌吃饭的也没人帮他一下，那个参军觉得已经夹在筷子上的菜放回去也不合适，只好一直夹着菜不放手，满桌的人看着参军窘迫的样子，都哈哈大笑。

桓温看到这情形却笑不出来，他声色俱厉地说："同在一个盘子里夹菜吃都不能出手帮一把，更何况到了危难的时候呢？"于是下令罢免了那些同桌吃饭者的官职。

桓公坐有参军椅蒸薤，不时解，共食者又不助，而椅终不放，举坐皆笑。桓公曰："同盘尚不相助，况复危难乎？"敕令免官。

《世说新语·黜免28-4》

注　参军：将帅府中的官职名称。
　　椅：当作"掎（jǐ）"，指用筷子夹取食物。
　　况复：何况。
　　敕令：命令。

当然，桓温并不总是这么严厉，有时候官员们跟他开开玩笑，他也不会生气。

有一次下大雪，桓温想趁着大雪天到郊外去捕猎，路上先去探望清谈名士王濛和刘惔。刘惔见他穿着一身轻便的戎装，就问："老家伙穿成这样是想要干什么？"桓温回答说："我如果不穿成这样，你们这帮人怎么能坐下来清谈呢？"意思是如果不是我带兵打仗保家卫国，你们哪能安安生生地坐在这里耍嘴皮子。你们觉得时光静好，那是因为有我在负重前行。

桓大司马乘雪欲猎，先过王、刘诸人许。真长见其装束单急，问："老贼欲持此何作？"桓曰："我若不为此，卿辈亦那得坐谈？"

《世说新语·排调25-24》

注 过：探望。　　　　　　　　　　单急：轻便的服装，这里指戎装。
许：住所。　　　　　　　　　　　那得：怎么。
装束：衣着。

桓温手下有个官员叫郝隆，这也是个很有意思的人。七月初七晾晒节，家家户户都趁着七月炽热的阳光晾晒衣服，郝隆却躺在大太阳底下，敞开衣服露着大肚皮。人家问他这是在干什么，他说："我在晒我这满肚子的书。"

郝隆七月七日出日中仰卧，人问其故，答曰："我晒书。"

《世说新语·排调25-31》

郝隆后来投奔正担任南蛮校尉的桓温，在他手下当了个参军。三月初三上巳（sì）节聚会，大家饮酒赋诗，不能作诗的要罚酒三升。

最开始时，郝隆因为没写出诗被罚了酒。喝完酒，郝隆拿起笔写了一句："娵隅（jū yú）跃清池"。桓温问："娵隅是什么东西？"郝隆回答说："南蛮人把鱼叫娵隅。"南蛮是指当时的

165

西南少数民族。

桓温又问："作诗为什么不用标准普通话，偏要用蛮语？"桓温这一问，郝隆正好说出自己想要发的牢骚："我千里迢迢跑来投奔你，才当了个南蛮校尉府里的参军，怎么能不说蛮语呢？"

郝隆为桓公南蛮参军。三月三日会，作诗，不能者罚酒三升。

隆初以不能受罚，既饮，揽笔便作一句云："娵隅跃清池。"桓问："娵隅是何物？"答曰："蛮名鱼为娵隅。"

桓公曰："作诗何以作蛮语？"隆曰："千里投公，始得蛮府参军，那得不作蛮语也？"

《世说新语·排调25-35》

还有一次，桓温去拜访刘惔。刘惔躺在床上，也不起来接待他。桓温就拉开弹弓朝他的枕头射。当时的枕头不像我们现在用的软枕头，大多是木枕、玉枕等硬枕头。弹丸打到枕头上裂成碎片，弄得床上被褥上都是。刘惔变了脸色，从床上起来后说："使君，打仗的时候也可以靠这种办法来取胜吗？"

什么叫哪壶不开提哪壶？在这之前不久，桓温带兵和北方的前燕作战，结果大败而归。刘惔这句话正好戳到了桓温的痛处，让他又气恼又愤恨。

桓大司马诣刘尹，卧不起。桓弯弹弹刘枕，丸迸碎床褥间。刘作色而起曰："使君，如馨地宁可斗战求胜？"桓甚有恨容。

《世说新语·方正5-44》

注　使君：汉晋时对州郡长官刺史、太守的敬称。桓温担任过徐州、荆州刺史。
　　如馨（xīn）：如此，这样。

东晋时期，在西边和北边先后有十多个小国家和东晋并存，其中的前燕占据了从辽宁到山东、安徽等一大片地方。桓温前后三次北伐，最后一次就是去攻打前燕。

桓温北伐前燕路过金城时，看到自己二十多年前当琅邪内史时在这里种下的柳树，都已经长成十围粗的大树了，忍不住感叹说："**木犹如此，人何以堪！**"树木尚且是这样，人又怎么经得起岁月的流逝啊！他攀着树枝，拿着柳条，忍不住流下泪来。

> 桓公北征，经金城，见前为琅邪时种柳，皆已十围，慨然曰："木犹如此，人何以堪！"攀枝执条，泫然流泪。

《世说新语·言语 2-55》

注　琅邪：郡名，治所在金城。
　　金城：在今江苏句容北。
　　围：量词，两手拇指和食指合拢的长度，也指两臂合抱的长度。
　　泫（xuàn）然：流泪的样子。

感叹岁月流逝、时不我待的桓温加快了夺权的步伐。他本想通过打败前燕建立功勋，赢得大家的支持，迫使皇帝主动让出皇位，没想到却在这场战争中一败涂地。既然这条路走不通，那就只能再想别的办法了。桓温想到了换皇帝这个招数。历史上一些权势赫赫的大臣都干过这样的事，这是一个建立自己权威的有效方法。他带兵虽然打不过前燕，但随便找个借口逼着太后下诏书废掉皇帝还是够用的。

于是，当朝皇帝司马奕被废黜，降为海西县公。桓温立会稽王司马昱（yù）为皇帝，这就是简文帝。当时担任侍中的谢安前来见桓温，向他行跪拜礼，桓温非常吃惊，笑着问他："安石啊，为什么要行这么大的礼啊？"谢安说："当君主的都得在前面跪拜，我当臣子的哪能只站在后面拱手行礼呢？"言语中带着对桓温废黜君主、图谋篡位恶行的指责和嘲讽。

桓公既废海西，立简文。侍中谢公见桓公，拜，桓惊笑曰："安石，卿何事至尔？"谢曰："未有君拜于前，臣立于后。"

《世说新语·排调25-38》

注 海西：海西公司马奕，东晋的第七位皇帝，后被桓温废黜，封为海西县公。

简文：简文帝司马昱。
谢公：谢安，字安石。

桓温废立皇帝后第二年就死了。三十年后，他的儿子桓玄逼皇帝退位，自己称帝建国，但第二年就被东晋军队打败，桓玄也被杀死。他这个皇帝和他建立的国家都没有得到历史的承认，桓温想当皇帝他爹的梦想也成了泡影。

桓温征战一生，为东晋立下过大功，但他晚年废立皇帝，图谋篡位，后世对他的评价有褒有贬。简单来说就是，既没有好到流芳百世，也没有坏到遗臭万年，不过史书上还是留下了一代枭雄桓温的名字。

世说小百科

肝 肠 寸 断

东晋时期，北边和西边先后有十多个小政权与东晋并立，这些政权大多由少数民族建立，被称为"五胡十六国"。占据现在四川一带的成汉国是其中建立时间最早的国家，总共存在了四十多年。桓温一生中主要成就之一就是攻灭成汉。

桓温率军沿长江逆流而上，前往蜀地。大军行进到三峡中，两岸悬崖峭壁耸入云天，江面水流湍急，波涛翻滚，看着就让人心惊。桓温忍不住感叹说："既然要当忠臣，为国家出生入死，就没法待在父母身边尽孝，这又有什么办法呢？"就在桓温感慨"忠孝不能两全"时，他手下的士兵却因为贪玩，干了件缺德事儿。

当时，有个士兵抓到一只小猿猴，便带到船上来玩耍。小猿猴的妈妈沿着江岸哀哭号叫，跟着跑了一百多里路，仍不肯离开，后来终于找着机会，趁船离岸边较近时跳上了船，跳上船后就死了。好奇的士兵们剖开母猿的肚子，看到里面的肠子都断裂成了一寸一寸的小截。桓温听说这件事后，大发脾气，下令开除了那个抓小猿猴的人。形容悲伤至极的成语"肝肠寸断"就出自这里。

桓公入峡，绝壁天悬，腾波迅急，乃叹曰："既为忠臣，不得为孝子，如何？"

《世说新语·言语 2-58》

桓公入蜀，至三峡中，部伍中有得猿子者。其母缘岸哀号，行百余里不去，遂跳上船，至便即绝。破视其腹中，肠皆寸断。公闻之怒，命黜其人。

《世说新语·黜免 28-2》

我要做我自己

巅峰时期权势熏天的桓温,从年轻时就把一个人当成自己强有力的竞争对手。这个人就是当时以清谈闻名于世的殷浩。

桓温年轻时和殷浩齐名,什么都想要和他比一比。有一次桓温忍不住问殷浩:"你觉得和我比起来,你怎么样?"殷浩说:"我和我自己相处很久了,我宁可做我自己。"

桓公少于殷侯齐名,常有竞心。桓问殷:"卿何如我?"殷云:"我与我周旋久,宁作我。"

《世说新语·品藻9-35》

注 殷侯:殷浩。这里的"侯"泛指地位尊贵。　　周旋:相处,交往。
竞心:争胜之心。

殷浩不仅不屑于和桓温作比较,世人看重的权位、钱财在他眼里也都如腐肉粪土一般。

曾经有人问殷浩:"为什么一个人将要当官时会梦到棺材,

将要发财时会梦到粪便之类的脏东西？”殷浩回答说："官位原本就是发臭腐烂的东西，将要得到它时就会梦到棺材尸体；钱财本来就如粪土一般，将要得到它时就会梦到肮脏东西。"当时的人都把这番话当成名言警句。

人有问殷中军："何以将得位而梦棺器，将得财而梦矢秽？"殷曰："官本是臭腐，所以将得而梦棺尸；财本是粪土，所以将得而梦秽污。"时人以为名通。

《世说新语·文学4-49》

注 殷中军：殷浩，曾担任中军将军。　　得位：指得到官位。　　矢：同"屎"。

镇西将军谢尚年轻时，听说殷浩擅长清谈，特意前去拜访他。殷浩没有做过多的阐发，只是为谢尚揭示了很多道理，说了几百句话。这些话中不仅有美好的情趣，而且条理清晰，文辞华美，足以动人心弦，令人震惊。

谢尚听得全神贯注，因为注意力太集中了，不知不觉中汗流满面。殷浩从容地吩咐手下人："拿手巾来给谢郎擦擦脸。"

谢镇西少时，闻殷浩能清言，故往造之。殷未过有所通，为谢标榜诸义，作数百语，既有佳致，兼辞条丰蔚，甚足以动心骇听。

谢注神倾意，不觉流汗交面。殷徐语左右："取手巾与谢郎拭面。"

《世说新语·文学4-28》

注 谢镇西：谢尚，担任过镇西将军。　　佳致：美好的情趣。
通：阐发。　　　　　　　　　　　　辞条：文辞条理。
标榜：揭示。　　　　　　　　　　　丰蔚：丰富华美。

这是一人负责谈论、一人只管倾听的清谈场面。如果清谈双方实力相当、棋逢对手，两人唇枪舌剑、你来我往，就像现在的辩论赛一样激烈。论战进入白热化程度时，再从容的人也可能会口不择言，而露出的破绽马上会被对手抓住，给予致命一击。

殷浩和孙盛就有过一次这样精彩的交锋。孙盛是西晋名士孙楚的孙子。孙楚这个人我们在前面的故事中讲到过。他和朋友聊天时错把"枕石漱流"说成了"漱石枕流"，却生生把这个口误圆了回来。孙盛很好地继承了爷爷这种绝不认输的性格。

下面我们就一起来欣赏这场辩论赛。

这场辩论赛是殷浩的主场、孙盛的客场，两位辩手先各自陈述立论，接着便展开攻辩，驳斥对方的论点。两人来回辩驳，尽心竭力，主客两方辩手的言论都相当精彩，辩论逻辑无懈可击。

到了吃饭的时间，殷浩家的仆人端上饭菜，但两位辩手根本顾不上吃。饭菜凉了又热，热了又凉，都已经反复热了好几遍。再看看两位辩手，他们俩边争论边激动地挥舞着手中的麈尾，以至于麈尾上的毛都掉光了，像雪花一样纷纷扬扬落到饭菜上。两人一直辩论到傍晚时分也没想起来吃饭。不过，即便想吃，那饭菜可能也没法吃了。

两个人谁也没法说服谁，情急之下，殷浩对孙盛说："你不要做强（jiàng）口马，我就要穿你的鼻子了！"

什么是强口马呢？这里插播一个小知识。人们为了控制牛马，会穿破牛鼻子套上铁环，给马嘴里戴上马嚼子，再在铁环和马嚼子上系上绳子。有的马桀骜（jié ào）不驯，在戴嚼子时会拼命挣扎，

这种马称为强口马。牛穿鼻子、马戴嚼子，这是常识。殷浩把孙盛说成是强口马，那应该给他带上马嚼子，而不是穿他的鼻子。

孙盛抓住这个漏洞回击说："你没见过挣破鼻子的牛吗？你如果还不服，人家就要穿你的腮帮子啦！"嘲讽他不知道牛应该是穿鼻子。同时也把殷浩说成是挣破了鼻子的"决鼻牛"，既然鼻子破了没法穿，那就要穿腮帮子了，总之就是要让你服输。

> 孙安国往殷中军许共论，往反精苦，客主无间。左右进食，冷而复暖者数四。彼我奋掷麈尾，悉脱落，满餐饭中，宾主遂至莫忘食。
>
> 殷乃语孙曰："卿莫作强口马，我当穿卿鼻！"孙曰："卿不见决鼻牛，人当穿卿颊！"

《世说新语·文学 4-31》

注 孙安国：孙盛，字安国。　　　　　　莫：同"暮"，傍晚。
精苦：精心竭力。　　　　　　　　颊（jiá）：脸的两侧。
无间（jiàn）：没有空隙、漏洞。

这场辩论，殷浩一个小小的失误就让对手找到机会，把自己驳得无言以对。

按照殷浩自己的意愿，他只想安安静静地当个名士，苦练辩论技巧。然而，由于他的名气实在是太大了，朝廷各重要部门纷纷给他发来入职邀请，但都被殷浩拒绝了。

殷浩在祖先的墓地边隐居了近十年。当时，朝廷内外的人都把他比作春秋时期的名相管仲、三国时期蜀汉的丞相诸葛亮，并根据他会不会出来做官，来预测东晋的兴亡。

> 殷渊源在墓所几十年。于时朝野以拟管、葛，起不起，以卜江左兴亡。

《世说新语·赏誉 8-99》

注 殷渊源：殷浩，字渊源。　　几：将近。　　　朝野：朝廷和民间。
起：出来做官。　　　　　　卜：预测。　　　江左：指位于江东一带的东晋。

等到桓温平定蜀地后，声威大振。以皇叔身份辅政的会稽王司马昱为了压制桓温，极力邀请殷浩出山任职。殷浩几次推辞，最后还是答应了，同意出任扬州刺史。

可惜的是，殷浩虽然名号响亮，被司马昱和朝廷百官寄予厚望，但他似乎并不太适合从政。五十岁那年，殷浩率军大举北伐，惨败而归。被晾在一边的桓温趁机上书，拼命说他的坏话。在这危难时刻，司马昱也没帮殷浩一把，而是撤了他的官，把他流放到扬州东阳郡的信安县，就是现在的浙江衢州。

殷浩心里愤愤不平，说司马昱先是把人哄上百尺高楼，然后把下楼的梯子给搬走了。

殷中军废后，恨简文曰："上人著百尺楼上，儋梯将去。"

《世说新语·黜免28-5》

注　儋（dān）：二人用肩扛。

从权力高峰陡然跌落到谷底，殷浩承受不了这么大的打击，人也变得神神叨叨的。在信安，他一天到晚总是伸出手指在空中写字。扬州的官吏和百姓想知道他到底在写些什么，就跟在后面偷偷察看。人们惊奇地发现，殷浩只是一直在反反复复写着"咄咄怪事"四个字。

殷中军被废，在信安，终日恒书空作字，扬州吏民寻义逐之，窃视，唯作"咄咄怪事"四字而已。

《世说新语·黜免28-3》

注　寻义：探寻所写字的意义。
咄咄：惊叹词，表示出人意料，令人惊讶之事。

多奇怪的事啊！太奇怪了！殷浩根本想不通。不久前还是万众吹捧的国家救星，只是因为打了一场败仗，就被一踩到底，贬为普通老百姓。可是战场上也没有常胜将军啊！

殷浩最后落得这样的结局，可能也在于他当初没能坚持做自己吧。两年后，殷浩就在郁郁寡欢中去世了。

 世说小百科

熨斗的启发

说起熨斗，你可能会觉得这是一种现代的家用电器，其实，早在汉代，熨斗就已经是很常见的家庭用具了。古代的熨斗多用青铜制成，有些像带长柄的小平底锅，烧红的炭块放在熨斗里，等底部热得烫手后用来熨烫衣物。

殷浩的外甥韩康伯小时候家里非常贫困，但小康伯很孝顺，也很聪明。他几岁大时，到了天最冷的时候，都只有一件短袄穿。短袄是妈妈殷夫人亲手做的。妈妈给他缝制短袄时，让他帮忙拿着熨斗，对他说："你先穿着短袄，等以后再给你做夹裤。"小康伯却说："已经够暖和了，不用再做夹裤了。"

妈妈问他为什么这么说，小康伯指着熨斗说："你看啊，炭火装在熨斗里，熨斗把也是热的，我上身已经穿着短袄，腿也会暖和的，所以不用再穿夹裤了。"几岁大的孩子就能从热熨斗中得到启发，做出这样的推断来宽慰妈妈，让妈妈感到非常惊奇。她相信，儿子长大后一定会成为治理国家的人才。

韩康伯数岁，家酷贫，至大寒，止得襦（rú）。母殷夫人自成之，令康伯捉熨斗，谓康伯曰："且著襦，寻作复裈。"儿云："已足，不须复裈也。"母问其故，答曰："火在熨斗中而柄热，今既著襦，下亦当暖，故不须耳。"母甚异之，知为国器。

《世说新语·夙惠12-5》

淡定!
保持风度最重要

桓温一生最大的心愿是建大功,出大名,即便不能流芳百世,也要混个遗臭万年。可是,人和人的兴趣志向各不相同。比桓温小八岁的谢安有着得天独厚的条件,轻轻松松就可以扬名天下,建立不朽的功勋,他却只想隐居山林,游山玩水,吟诗作文,逍遥自在度过这一生。

谢安出身于河南陈郡谢氏。由于家族的光环、父辈和兄弟们在政坛强大的关系网,加上本人擅长清谈,谢安年轻时就已经声名在外,朝廷和地方上各种入职邀请多得像雪片般向他飞来。然而,谢安全都拒绝了。

为了躲开这些纷纷扰扰,谢安后来干脆跑到位于现在浙江上虞西南边的东山隐居起来,去做一个普普通通的老百姓。当时,他的堂哥谢尚、大哥谢奕、弟弟谢万都已经做了大官,既富且贵,可以说是一家子权贵,让外人羡慕不已。谢安的妻子是刘惔的妹妹，刘夫人对谢安开玩笑说："大丈夫难道不就应该像他们这样吗？"谢安患有鼻炎，听了妻子的话，他就像闻到了什么难闻的气味一般，习惯性地捏了捏鼻子说："只怕难免要像兄弟们那样啊！"

初，谢安在东山居，布衣，时兄弟已有富贵者，翕集家门，倾动人物。刘夫人戏谓安曰："大丈夫不当如此乎？"谢乃捉鼻曰："但恐不免耳！"

《世说新语·排调25-27》

注　布衣：平民百姓。　　　　　　捉鼻：捏着鼻子，表示轻蔑。
　　翕（xī）集：齐集，聚集。

刘夫人所推崇的富贵权势在谢安看来却只是可能难以躲避的灾祸，他向往的生活是悠游山林的快乐、泛舟海上的美好。

谢安在东山居住时，有一次和朋友孙绰等人坐船到海上游玩。开始时还风平浪静，后来起风了，海面上浪涛汹涌，孙绰、王羲之等人都惊慌失色，高喊着让船夫调转船头回去。谢安这会儿却兴致正高，迎着风浪又是朗诵又是吹口哨，半句要回去的话都没有。船夫见谢安神态安闲，看上去很高兴的样子，便继续摇船前进。

很快，风更急、浪更猛了，大家都叫嚷骚动起来，船上的人都坐不住了。谢安这才慢条斯理地说："既然这样，那我们还是回去吧！"众人纷纷响应，于是就回去了。人们从这件事知道了谢安的气量，认为他完全能够镇抚朝廷内外，安邦定国。

谢太傅盘桓东山时，与孙兴公诸人泛海戏。风起浪涌，孙、王诸人色并遽，便唱使还。太傅神情方王，吟啸不言。舟人以公貌闲意说，犹去不止。

既风转急，浪猛，诸人皆喧动不坐。公徐云："如此，将无归！"众人即承响而回。于是审其量，足以镇安朝野。

《世说新语·雅量6-28》

177

盘桓：逗留。
孙兴公：孙绰，字兴公。
唱：高呼，高叫。
王（wàng）：同"旺"。指情绪好，兴致高。
说：同"悦"，愉悦。

将无：莫非，还是。表示委
婉语气。
承响：应声。
审：知道。
镇安：镇抚安定。

　　谢安跑到东山本来是为了图个清静，可这里也不是远离尘世的净土，入职通知仍是隔三岔五地发过来，谢安依然不为所动，拒绝上班。可是后来，谢安的弟弟谢万率军北伐失败，回来就被撤了官，整个谢氏家族也遭遇了深重的危机。

　　为了重振家族声望，已经四十多岁的谢安不得不答应出来做官，担任桓温手下的司马。谢安准备从南京郊外的新亭出发时，朝廷官员都来看望他，为他送行。

　　当时担任御史中丞的高崧（sōng）也来送行。他之前已经多少喝了点儿酒，便借酒装醉，跟谢安开玩笑说："你多次违抗朝廷的旨意，在东山高枕无忧地躺着，大家一起议论时常说，'谢

安不肯出来做官，该如何面对天下百姓呢？'现在你终于出来做官了，天下百姓又该如何面对你呢？"

高崧这番话里带着嘲讽谢安的意思：你不是要隐居吗？不是视功名富贵如浮云吗？现在出来做官，让天下百姓该如何评价你呢？谢安当然能听懂话里的意思，但只是一笑而过，没搭他的话。

谢公在东山，朝命屡降而不动。后出为桓宣武司马，将发新亭，朝士咸出瞻送。

高灵时为中丞，亦往相祖。先时多少饮酒，因倚如醉，戏曰："卿屡违朝旨，高卧东山，诸人每相与言：'安石不肯出，将如苍生何？'今亦苍生将如卿何？"谢笑而不答。

《世说新语·排调25-26》

注　新亭：亭名，故址在今江苏南京南郊。　　　　　多少：略微。
　　瞻送：看望送别。　　　　　　　　　　　　　　倚：凭借。
　　高灵：高崧，小字阿䶎（líng）。灵，当作"䶎"。　苍生：指百姓。
　　祖：送行。

当年谢安立志要在东山隐居，后来朝廷多次下令，谢安迫于形势，身不由己，只好出山就任桓温的司马。这就有点儿像现在的艺人曾经大张旗鼓地发声明说要退出演艺圈，后来又突然回来了。有些人就会觉得他怎么又要装清高，又要图名利，难免会对他冷嘲热讽。

不仅高崧嘲笑他"今亦苍生将如卿何"，谢安就职后，同事有时也会拿他开玩笑。

当时，有人送给桓温一些草药，其中有一味药叫远志。桓温拿起远志问谢安："这种药又叫小草。你说，为什么一种东西会有两个名称呢？"谢安没有立即回答。

那个自称满肚子诗书的郝隆当时也坐在旁边，他应声回答说：

"这个很容易解释。在山里时就叫远志，出了山就是小草。"表面上是在说草药，实际上是讽刺谢安在山中隐居时可以号称胸怀远大的志向，出山来做官，就沦为小草般平凡普通的打工人了。谢安听出郝隆是在讽刺自己，脸上露出了羞愧的神色。

桓温看着谢安，笑着说："郝参军这样的解释不错，也很有意味。"

谢公始有东山之志，后严命屡臻，势不获已，始就桓公司马。

于时人有饷桓公药草，中有远志。公取以问谢："此药又名小草，何一物而有二称？"谢未即答。

时郝隆在坐，应声答曰："此甚易解。处则为远志，出则为小草。"谢甚有愧色。

桓公目谢而笑曰："郝参军此过乃不恶，亦极有会。"

《世说新语·排调25-32》

注　东山之志：指隐居的志向。　　　　出：指隐居者出来做官。
　　臻（zhēn）：至，到达。　　　　　此过：当作"此通"。通，阐述，解释。
　　不获已：不得已。　　　　　　　　会：意味。
　　处：指隐居。

180

在桓温手下没干多长时间，谢安就找了个借口辞职了。他先是去外地当了个地方官，后来又到朝廷任职。十多年的时间里，谢安的职位节节高升，在朝廷内外声望越来越高。与此同时，他的老领导桓温也一直在为实现理想而努力奋斗。

桓温原本以为，他亲手扶立的简文帝临终前会主动把皇位让给他，没想到简文帝却在留下的遗诏里让他效仿诸葛亮、王导等人，好好辅佐自己的儿子当皇帝。桓温气急败坏，打算直接动手抢皇位了。

他事先埋伏好全副武装的士兵，摆开宴席，宴请朝中大小官员，想趁这个机会杀掉简文帝倚重的大臣谢安和王坦之，扫清自己称帝路上的障碍。王坦之非常惊慌，问谢安说："现在该怎么办呢？"谢安却神色不变，对王坦之说："晋朝的存亡，就看我们这次如何应对了。"于是两个人一起前去赴宴。

王坦之的惊慌恐惧，很快就表现在神色上。谢安的从容镇定，也越发展现在面容上。谢安登上台阶，快步走向座席，一边走一边还模仿当年西晋都城洛阳书生吟诗的腔调，高声吟诵着"浩浩洪流"的诗句。桓温被谢安旷达高远的不凡气度所折服，不敢轻易动手，撤走了伏兵。过去，王坦之和谢安的声望差不多一样高，从这件事上才分出了高下。

桓公伏甲设馔，广延朝士，因此欲诛谢安、王坦之。王甚遽，问谢曰："当作何计？"谢神意不变，谓文度曰："晋祚存亡，在此一行。"相与俱前。

王之恐状，转见于色。谢之宽容，愈表于貌。望阶趋席，方作洛生咏，讽"浩浩洪流"。桓惮其旷远，乃趣解兵。王、谢旧齐名，于此始判优劣。

《世说新语·雅量6-29》

　　桓温的阴谋没能得逞，权势也受到王、谢两家节制，不久就病死了。谢安很快便进入权力中心，开始掌管朝政。

　　公元 383 年，前秦皇帝苻（fú）坚率领几十万大军南下，想要一举攻灭东晋，决战在位于现在安徽寿县的淝水边展开。东晋到了生死存亡的紧要关头。

　　谢安派侄子谢玄率八万士兵充当先锋，开往淝水战场。他的弟弟谢石、儿子谢琰也都担任将领，率军北上迎战。

　　这天，谢安在和客人下围棋。没过多久，谢玄从淝水战场上派出的信使到了。谢安看完信后，默不作声，又慢悠悠地下起棋来。客人问他战场上的胜负情况如何，谢安淡淡地说："孩子们大破贼兵。"说这话时，神情举止和平时没什么两样。

谢公与人围棋，俄而谢玄淮上信至。看书竟，默然无言，徐向局。客问淮上利害，答曰："小儿辈大破贼。"意色举止，不异于常。

《世说新语·雅量 6-35》

　　这场战争的胜利对于东晋来说意义太重大了。虽说谢安性格沉稳，处事不惊，但他这次的镇定自若却是装出来的。

　　据记录晋朝历史的《晋书》记载，这个故事还有一个很好玩的后续。等下围棋的客人走后，谢安赶紧举着信回内室，要把这个好消息告诉家人们，因为太过兴奋，过门槛时把木屐下的屐齿折断了他都没有察觉。但不得不说，这才是一个人的真性情啊！

世说小百科

谢道韫咏雪

在中国古代，女子不能像男子一样凭借自己的学识和才华，通过推荐选拔或是参加科举考试去做官，甚至许多女性虽然出身富贵人家，也没有机会读书识字。但即使在这么艰难的大环境下，古代依然出现了很多留名青史的杰出才女。比如汉代史学家班昭、文学家蔡文姬，唐代诗人薛涛，宋代词人李清照。而魏晋时期最出名的才女就是谢安的侄女谢道韫（yùn）。

谢道韫是谢安的长兄谢奕（字无奕）的女儿，后来嫁给了王羲之的二儿子左将军王凝之。谢道韫从小就博学多才，谢安非常偏爱这个侄女。一个寒冷的下雪天，谢安把一家人聚在一起，和孩子们谈论诗文。一会儿工夫，雪越下越大，谢安兴致很高，他问孩子们："你们说，这纷纷扬扬的白雪像什么呢？"侄儿谢朗说："撒盐空中差（chā）可拟。"有点儿像有人在空中大把大把地撒盐粒。谢道韫却摇了摇头，说："未若柳絮因风起。"还不如说是春风吹来，轻盈的柳絮在空中飞舞呢！谢安听了高兴得哈哈大笑，心中很是欣慰。

后来人们称赞女子能诗擅文有才华，会说她有"咏絮才"，就是来自谢道韫的典故。

谢太傅寒雪日内集，与儿女讲论文义。俄而雪骤，公欣然曰："白雪纷纷何所似？"兄子胡儿曰："撒盐空中差可拟。"兄女曰："未若柳絮因风起。"公大笑乐。即公大兄无奕女，左将军王凝之妻也。

《世说新语·言语2-71》

王坦之

膝上名士和
他的暴脾气老爸

和谢安一起差点儿被桓温当成绊脚石除掉的王坦之，从姓名上看和王羲之像是一家人，其实他们来自两个不同的家族。王坦之出身于山西太原王氏，和西晋时期那个任性挥霍的驸马爷王济是同一个家族。论辈分，王济是王坦之的爷爷辈。到了东晋时期，太原王氏越发繁荣兴盛。王坦之的爷爷王承被封为蓝田侯，这个爵位后来又依次传给了他爹王述和他本人。

王坦之年纪轻轻就已经身居高位，后来更是和谢安一起成为简文帝倚重的大臣。

有一次，王坦之和一位叫范启的官员一起受到简文帝的邀请。范启年纪大但官位小，王坦之年纪小但官位高。等到要往前走时，两人都请对方走在前面。两个人互相推让了很久，最后还是范启走在前面，王坦之跟在后面。

这番推让的礼节可以说是做得相当到位了，可已经走在后面

了，王坦之又忍不住开起了玩笑："**簸（bǒ）之扬之，糠秕（bǐ）在前。**"簸米时簸啊扬啊，糠皮等轻飘飘的杂物就浮在前面飘走了。意思是走在前面的尽是些轻浮没用的东西。范启听后，不甘示弱地回应道："**洮之汰之，沙砾在后。**"淘米时洗啊淘啊，沙砾等沉甸甸的杂质就留在了最后面。留在后面的才是没用的东西呢！你骂我是糠秕，我就骂你是沙砾，都是文化人，谁还不会对对子呢！

王文度、范荣期俱为简文所要，范年大而位小，王年小而位大。将前，更相推在前，既移久，王遂在范后。

王因谓曰："簸之扬之，糠秕在前。"范曰："洮之汰之，沙砾在后。"

《世说新语·排调 25-46》

注　王文度：王坦之，字文度。　　　　移久：很久。
　　范荣期：范启，字荣期。　　　　　洮：同"淘"，淘洗。
　　要：同"邀"，邀请。

说笑归说笑，王坦之到底有没有用，还得看跟谁比。上篇中说过他和谢安一起去赴宴时，在泰然自若的谢安旁边越发显得惊慌失措，跟个毛头小伙一般。谢安比他大十岁，有时候训他也确实像训自家子弟一样。

桓温阴谋夺权那回，谢安为了争取更多人的支持，和王坦之一起去拜访桓温重要的谋士郗超，两人等到天色很晚了还没能见到郗超，王坦之就打算走了。谢安严厉地说："难道就不能为了自己的性命再忍一会儿吗？"

谢太傅与王文度共诣郗超，日旰未得前，王便欲去。谢曰："不能为性命忍俄顷？"

《世说新语·雅量 6-30》

注　俄顷：片刻，一会儿。

在关键时刻，王坦之总是有些扛不住事儿，可能和他的原生家庭有关。

人们常说"严父慈母"，是说父亲很严厉，母亲很慈爱，在中国古代社会一向都是如此。而王坦之和他老爸的亲密关系绝对是相当少见的特例。王坦之长大成人后，他爸还经常把他抱在膝盖上坐着，当时就被人们称为"膝上王文度"。不仅如此，很多事情王坦之都要听他爸的。要搁到现在，可能大家都要叫他"爹宝男"了。

王坦之在桓温手下当长史时，桓温为儿子求娶王坦之的女儿。虽然是自己女儿的婚事，王坦之却不敢做主，他只答应回去和他爸蓝田侯王述商量。

王坦之下班回到家，王述一看自己最疼爱的大宝贝回来了，虽然儿子早已经长得高高大大都有些抱不住了，但还是搂过来亲热地抱在膝上。王坦之便趁着这个机会，说起桓温求娶自己女儿的事。王述听后勃然大怒，一把把王坦之从膝盖上推下去，说道："这是什么见识！文度你又犯傻了，你是怕伤了桓温的面子吗？他一个当兵的大老粗，你怎么可以把女儿嫁到他们家呢！"桓温当时军权在握，王述却压根儿瞧不起他，称他为"当兵的"，主要原因是桓温家的门第太低，远没有王家的声望高。

第二天，王坦之就回复桓温说："我家里之前已经给女儿找好婆家了。"桓温一听，这个谎撒了跟没撒一样，找了婆家你这个当爹的不知道吗，昨天咋不说呢？于是说道："我知道了，这是令尊大人不答应呢。"但桓温还是一心想要攀上王家这门亲。按照当时的风俗，名门之女不能下嫁到普通人家，但普通人家的女儿可以嫁进名门望族。后来，桓温便把女儿嫁给了王坦之的儿子。

王文度为桓公长史时，桓为儿求王女，王许咨蓝田。

既还，蓝田爱念文度，虽长大犹抱着膝上。文度因言桓求己女婚。

蓝田大怒，排文度下膝，曰："恶见！文度已复痴，畏桓温面？兵，那可嫁女与之！"

文度还报云："下官家中先得婚处。"桓公曰："吾知矣，此尊府君不肯耳。"后桓女遂嫁文度儿。

《世说新语·方正 5-58》

注　长史：指将军府的属官。　　　　　恶见：指不好的见解。
　　爱念：疼爱，喜欢。　　　　　　　尊府君：尊称对方的父亲。

从这个故事能看出，蓝田侯王述也是个暴脾气，跟疼爱的儿子都能说翻脸就翻脸。而他吃鸡蛋的故事更是把他的急脾气表现得淋漓尽致，一时传为笑谈。

王述吃煮鸡蛋时，因为鸡蛋圆溜溜的，根本夹不起来，便想把筷子当叉子使，一筷子插过去，没插中，鸡蛋滚开了。王述的火腾地就上来了，拿起鸡蛋摔到地上。鸡蛋像是挑衅一般，在地上还滴溜溜地转个不停，王述看着更生气了，便跳下座席穿上木屐去踩。可是木屐不像平底鞋，底下只有两道窄窄的屐齿，这一踩又没踩中，王述已经愤怒到极点了，干脆从地上捡起鸡蛋，放到嘴里狠狠地咬了一口，咬破后马上吐出来，似乎这样才解了气。

王羲之跟王述一向合不来，他听说这件事后肚子都笑疼了，说："即便是王承有这种坏脾气，都根本不值得一提，更何况他儿子王述呢？"

王蓝田性急。尝食鸡子，以箸刺之，不得，便大怒，举以掷地。鸡子于地圆转未止，仍下地以屐齿碾之，又不得，瞋甚，复于地取内口中，啮破即吐之。

王右军闻而大笑曰："使安期有此性，犹当无一豪可论，况蓝田邪？"

《世说新语·忿狷31-2》

名士间的关系很复杂，有时互相推崇，有时又加以诋毁，彼此间看不上也是常有的事。王述和王羲之势同水火，王坦之和一个叫支道林的人也完全合不来。王坦之认为支道林只会诡辩，支道林则这样讽刺王坦之："戴一顶油乎乎脏兮兮过了时的帽子，穿一领粗布单衣，夹一本《左传》，跟在郑玄的车子后面跑，请问这是个什么装满臭垃圾的袋子？"

王中郎与林公绝不相得。王谓林公诡辩，林公道王云："著腻颜帢，绤布单衣，挟《左传》，逐郑康成车后，问是何物尘垢囊？"

《世说新语·轻诋26-21》

这个被称为林公的支道林是什么人呢？下一篇我们就讲讲他的故事。

世说小百科

身无长物

王坦之的第四个儿子名叫王忱（chén），小名佛大，也被称为王大。王忱同族的侄子王恭也是当时的一位名士。王恭从会稽回到京城，王忱去看望他时，见他坐着一张很漂亮的竹席，就对他说："你从东边回来，那里盛产竹子，这样的东西你肯定带回来不少，送一张给我吧。"王恭当时没说话。等王忱走后，他就派人把自己坐的这张席子给王忱送去了。因为家里再没有多余的竹席，王恭就坐在草垫子上。

后来王忱听说了这件事，非常惊讶，对王恭说："我原本以为你有很多竹席，才找你要的。"王恭回答说："这是您不了解我，我做人一向都没有多余的物品。"

成语"身无长物"就出自王恭说的这句话，指身边没有多余的东西，形容一个人非常贫穷或是生活俭朴。

王恭从会稽还，王大看之。见其坐六尺簟（diàn），因语恭："卿东来，故应有此物，可以一领及我。"恭无言。大去后，即举所坐者送之。既无余席，便坐荐上。后大闻之，甚惊，曰："吾本谓卿多，故求耳。"对曰："丈人不悉恭，恭作人无长物。"

《世说新语·德行1-44》

支遁

爱它就给它自由

支道林是东晋时一位擅长清谈的高僧，名叫支遁（dùn），道林是他的字。人们通常也称他为"支公""林公"。

支遁虽然是位僧人，却是当时名士圈里的红人，和王羲之、谢安等人交往密切。他在圈里受欢迎的程度，我们可以从下面这个场面中简单感受一下。

支遁准备从京城建康回东边的会稽时，当时的名流们相约一起到长江边的征虏（lǔ）亭为他送行。

一个叫蔡系的到得早，紧挨着支遁坐着。谢万来晚了，一看靠近偶像的前排贵宾座已经没有了，只好在离得较远的位置坐下。后来，蔡系有事暂时离开了座位，谢万看到后赶紧坐了过去。过了一会儿，蔡系回来了，看到谢万占了自己的座位，很是气愤，把谢万连人带坐垫端起来扔到一边，坐回了自己的位置。

谢万被摔得帽子也掉了，头巾也散了，他从地上慢慢爬起来，抖抖衣服，重新坐回到宴席边，举止端庄，心态平和，一点儿也看不出生气沮丧的样子。不过等坐定后，他还是忍不住对蔡系说："你可真是个怪人，差点儿把我的脸都摔破了。"蔡系不以为然地回答说："我本来就没有为你的脸面做打算。"这句话是一语双关，表面意思是我才不关心会不会摔破你的脸，另一层意思则是我可不在乎会不会伤你的面子。

不过在这之后，两个人还是像什么事都没发生过一样，照样吃照样喝，都没有把这个小插曲放在心上。

支道林还东，时贤并送于征虏亭。蔡子叔前至，坐近林公。谢万石后来，坐小远。蔡暂起，谢移就其处。蔡还，见谢在焉，因合褥举谢掷地，自复坐。

谢冠帻倾脱，乃徐起，振衣就席，神意甚平，不觉瞋沮。坐定，谓蔡曰："卿奇人，殆坏我面。"蔡答曰："我本不为卿面作计。"其后，二人俱不介意。

《世说新语·雅量6-31》

注　征虏亭：在今江苏江宁东，为征虏将军谢安所建。　　褥：指坐垫。
蔡子叔：蔡系，字子叔。　　帻（zé）：裹头发的头巾。
谢万石：谢万，字万石。　　瞋沮：生气沮丧。

支遁是个动物爱好者。他很喜欢马，家里常常养着好几匹马。人们养马主要是用来拉车、代步，还有的是当战马，所以养马的要么是富贵人家，要么是要征战沙场的人。有人就说和尚养马不太风雅。支遁说："我看重的是它们神采焕发的样子。"人家把马当实用物品，支遁把马当审美对象。

支道林常养数匹马。或言道人畜马不韵。支曰："贫道重其神骏。"

《世说新语·言语2-63》

注　韵：风雅。　　神骏：神采焕发的样子。

支遁还很喜欢鹤。他在剡县的岇（àng）山居住时，有人送给他一对鹤，过了一段时间，两只鹤已经羽翼丰满，不时展翅飞翔，像是要飞走的样子。支遁很舍不得，就把鹤的硬羽毛剪短了。这样一来，鹤展开双翼扑扇，却怎么也飞不起来了，它们回头看看自己的翅膀，慢慢垂下了头，看上去很沮丧的样子。

　　支遁非常后悔，说："它们既然有直冲云霄的能力，又怎么能甘心做人们眼前耳边观赏的玩物呢？"于是把鹤喂养到翅膀长好后，就把它们放飞了。

　　支遁这种观点和举动即便放到现在，对我们仍然有着很大的启示意义。

支公好鹤，住剡东岬山，有人遗其双鹤，少时翅长欲飞。支意惜之，乃铩其翮。鹤轩翥不复能飞，乃反顾翅，垂头，视之如有懊丧意。林曰："既有凌霄之姿，何肯为人作耳目近玩？"养令翮成，置使飞去。

《世说新语·言语2-76》

注　岬山：在今浙江嵊州东。　　　　　　轩翥（xuān zhù）：振翅。
　　铩（shā）：摧残，伤残。　　　　　　近玩：亲近的玩物、宠物。
　　翮（hé）：鸟羽的茎。　　　　　　　　置：释放。

除了爱动物，支遁还酷爱清谈，损起人来也是相当不留情面。

支遁刚从会稽出来时，住在京城的东安寺里。左长史王濛事先做足了功课，想好了精深的道理，精心挑选好富有才思的辞藻，去和支遁清谈。可是开聊之后，两人根本不在一个段位。王濛长篇大论，滔滔不绝说了几百句话，自以为说的都是至理名言，用的也是奇丽的辞藻。

支遁听后，慢吞吞地对他说："我和您分别多年，看来您在观点、言辞两方面全都没有一点儿长进啊。"一句话说得王濛惭愧万分，只好灰溜溜地告辞走了。

支道林初从东出，住东安寺中。王长史宿构精理，并撰其才藻，往与支语，不大当对。王叙致作数百语，自谓是名理奇藻。
支徐徐谓曰："身与君别多年，君义言了不长进。"王大惭而退。

《世说新语·文学4-42》

注　东安寺：在今江苏南京。　　　　　　撰：同"选"。
　　王长史：王濛，担任过司徒左长史。　当对：相当，相匹敌。
　　宿构：预先构思。　　　　　　　　　了：全。

还有一次，支遁去会稽，见到王徽之几兄弟，回来后别人问他："见到王家兄弟，你觉得他们怎么样？"支遁说："就看到了一群白脖子乌鸦，听到了一片哑哑的叫唤声。"

支道林入东，见王子猷兄弟，还，人问："见诸王何如？"答曰："见一群白颈乌，但闻唤哑哑声。"

《世说新语·轻诋 26-30》

出来混，总是要还的。支遁四处评点，自己也免不了被人评论，而且还是当着他的面议论他。支遁这才发现，被人评点的感觉并不是那么好。

那是王徽之去拜访谢万，支遁早已在座，目空一切，神态高傲。王徽之看着和尚光秃秃的脑袋，开玩笑说："如果林公的胡子头发都在，神态风度是不是会比现在更好呢？"谢万看支遁的牙齿长得稀疏不齐，嘴唇还包不住牙齿，又补了一刀，说："嘴唇和牙齿互相依存，不能缺了任何一样。至于胡子和头发，和人的精神又有什么关系呢？"

支遁听了他们的话，心里很不高兴，说："我这堂堂七尺之躯，今天就托付给你们二位贤人去品头论足了。"

王子猷诣谢万，林公先在坐，瞻瞩甚高。王曰："若林公须发并全，神情当复胜此不？"谢曰："唇齿相须，不可以偏亡。须发何关于神明？"

林公意甚恶，曰："七尺之躯，今日委君二贤。"

《世说新语·排调 25-43》

注　瞻瞩（zhǔ）：指目光、神态。　　　　偏亡：偏废，缺失。
　　须：依靠。　　　　　　　　　　　　神明：指人的精神。

支遁有个好友也是一位僧人，名叫支法虔（qián）。他去世后，支遁精神萎靡不振，整个人的风采神貌也渐渐衰退。支遁常对人说："当年匠人石因为好搭档郢（yǐng）人死了，就再也不用斧头；伯牙因为知音钟子期死了，便终生不再弹琴。用自己的体验去推测别人，真是一点儿也没错啊。我的知己已经逝世，我说的话再也没人能欣赏，心里郁结难解，我大概也快要死了！"果然，一年之后，支遁便去世了。

支道林丧法虔之后，精神霣丧，风味转坠。常谓人曰："昔匠石废斤于郢人，牙生辍弦于钟子，推己外求，良不虚也。冥契既逝，发言莫赏，中心蕴结，余其亡矣！"却后一年，支遂殒。

《世说新语·伤逝 17–11》

注　霣（yǔn）丧：坠落，指消沉、沮丧。　　　　冥契：指彼此投合的知音。
　　风味：风貌神韵。　　　　　　　　　　　　蕴结：情思郁结。
　　转：渐渐。　　　　　　　　　　　　　　　却后：过后。
　　坠：衰退。　　　　　　　　　　　　　　　殒（yǔn）：死亡。

支遁在这段话里引用了两对好朋友的典故。匠石和郢人的故事出自《庄子》。匠石是一个名叫石的匠人，郢人是指楚国郢地的一个人。有一次，郢人鼻尖溅上了一点白灰。匠石挥起斧子替他削掉了白灰，完全没有伤到鼻子。郢人也一动不动地站着，面不改色。匠石这一非凡技艺的实现需要有郢人完美的配合。形容技艺高超的成语"运斤成风"就出自这个故事。郢人死后，匠石的神技再也无法施展了。

　　伯牙和钟子期的故事出自《列子》。伯牙是春秋时期一位著名的琴师，他弹奏古琴时，心里想着高山或流水，钟子期便能从琴声中听出巍峨的高山、汪洋的江河。形容知音难得的成语"高山流水"出自他们的故事。钟子期死后，伯牙便摔破古琴，从此不再弹琴。

世说小百科

你看是朱门，我如游蓬户

　　和支遁同时代的竺道潜也是一位高僧。竺道潜字法深，人们也称他为竺法深、深公。

　　竺道潜在现在浙江嵊州的岬山隐居时，支遁托人找他，想把岬山买下来。竺道潜不喜欢支遁作为出家人却成天和高官贵族交游，收取财物，现在又摆出一副财大气粗的样子，于是回复他说："从来没听说过巢父、许由是买了座山来隐居的。"巢父和许由都是尧帝时的隐士。

　　竺道潜常年在山中隐居，偶尔也和高官贵族来往，但他和支遁不同，从不把钱财富贵放在眼里。简文帝司马昱还没当皇帝时，竺道潜曾去他家做客。丹阳尹刘惔问他："和尚为什么和富贵人家交游来往？"竺道潜回答道："在您看来是富贵人家，在和尚我看来却和贫寒人家交游没什么两样。"也有人说，问竺道潜的这人是当过尚书令的卞壸（kǔn）。

　　支道林因人就深公买岬山，深公答曰："未闻巢、由买山而隐。"

《世说新语·排调25-28》

　　竺法深在简文坐，刘尹问："道人何以游朱门？"答曰："君自见朱门，贫道如游蓬户。"或云卞令。

《世说新语·言语2-48》

郗超

"坑爹"的孩子

在桓温图谋篡位的危急关头，谢安和王坦之一起前去拜访的郗超，来自东晋时另一个声名赫赫的大家族——山东高平郗氏。郗超的爷爷郗鉴就是当年派人去王家挑女婿的那位郗太傅，后来嫁给王羲之的郗璇是郗超的姑姑、他爸郗愔（yīn）的姐姐。郗鉴、郗愔和郗超三代人都曾位居东晋的权力中心。

郗超小名叫嘉宾，人们通常称他为郗嘉宾。他年轻时便才能出众、声名远扬，与王坦之齐名。当时的谚语说："扬州地区独一无二的人物是王文度，后来者中超越众人的要数郗嘉宾。"

谚曰："扬州独步王文度，后来出人郗嘉宾。"

《世说新语·赏誉8-126》

注　独步：独一无二。　　　　　　　出人：超越众人。

郗超信仰佛教，和高僧支遁、释道安等人来往密切。而且他为人相当大方，对于他欣赏的僧人、志向高远的隐士，为了让他们衣食无忧，过自己想要的生活，经常在经济上帮助他们，一出手便是成千上万的财物。哪怕人家并不是那么领情，郗超也无怨无悔。

释道安的"释"是佛教创始人释迦牟尼的简称，道安和尚主张僧人以"释"为姓，从这之后，中国的僧人就都姓"释"了。

郗超钦佩推崇道安和尚的道德和名望，给他送去了一千斛米，还写了一封好几页纸的长信，情意恳切深厚。道安的回信却只有简简单单的一句话："感谢送米，也更加觉得人不得不依靠物质才能生活，真是让人无法摆脱的烦恼。"因为要翻译成容易理解的现代文，这句话才写成了一个长句子，你可以看看原文，道安和尚的回信多么言简意赅。

郗嘉宾钦崇释道安德问，饷米千斛，修书累纸，意寄殷勤。道安答直云："损米，愈觉有待之为烦。"

《世说新语·雅量6-32》

注　钦崇：钦佩、推崇。
德问：道德声望。问，同"闻"，声望。

直：只是。
有待：有所依赖。

郗超每次听说崇尚高远想要隐居的人，都会为他们准备好上百万的钱财，而且还负责为他们建房子。

在剡县时，他为戴逵建了一座房子，就是王徽之坐了一夜船，准备去拜访的那位朋友。不过，当时"乘兴而行，兴尽而返"王徽之到门口就回去了，没上门去亲眼见识下这套房子的精致齐整。反正戴逵本人是相当满意，他刚住进去的时候非常激动，立马给亲近的人写信说："最近到了剡县，感觉像是住进了官府一样。"

郗超还曾为一个叫傅约的人准备好了百万钱财，只是后来傅约因为种种原因没去隐居，郗超的这笔百万赞助款才没能送出去。

郗超每闻欲高尚隐退者，辄为办百万资，并为造立居宇。

在剡，为戴公起宅，甚精整。戴始往旧居，与所亲书曰："近至剡，如官舍。"

郗为傅约亦办百万资，傅隐事差互，故不果遗。

《世说新语·栖逸18-15》

注 高尚：崇尚高远。　　　　　　　　果遗（wèi）：指馈赠没能成为现实。
　　戴公：戴逵。　　　　　　　　　　果，成为现实。遗，馈赠，赠送。
　　差（cī）互：指事情出差错或是没办成。

与豪掷百万热心助人的郗超截然不同的是，他爸郗愔相当贪财好利。他大肆搜刮财物，攒下了几千万的钱财。郗超非常反感他爸这种守财奴式的作风。钱嘛，拿去帮助需要帮助的人才有意义，攒这么多堆在家里又有什么用呢？

一天早上，郗超去向他爸请安。按照郗家的家规，孩子在长辈面前不能坐，郗超站着说了很长时间，慢慢地就非常巧妙地把话题转移到钱财上来了。郗愔叹了口气说："你说了这么半天，不过就是想要我的钱罢了！"为了满足一下儿子，老爸也是豁出去了，于是打开库房一天，让他随便取用。

郗愔原本以为顶多也就损失几百万钱，没想到郗超把钱到处送给亲朋好友，一天之内，几千万全都送光了。郗愔听说后，又惊又气，心疼得不行。

郗公大聚敛，有钱数千万。嘉宾意甚不同。

常朝旦问讯。郗家法，子弟不坐。因倚语移时，遂及财货事。郗公曰："汝正当欲得吾钱耳！"乃开库一日，令任意用。

郗公始正谓损数百万许。嘉宾遂一日乞与亲友，周旋略尽。郗公闻之，惊怪不能已已。

《世说新语·俭啬29-9》

注　郗公：郗愔。　　　　　　　　　倚语：站着说话。
　　聚敛：搜刮财物。　　　　　　　正当：只是，只不过。
　　常：同"尝"，曾经。　　　　　　乞与：给予。
　　朝旦：早晨。　　　　　　　　　周旋：应酬，打交道。
　　问讯：问安。

郗超不仅敢散他爸的钱财，还敢改他爸的信件。

郗愔担任徐州、兖州二州刺史时，镇守在称为北府的京口，桓温很讨厌他掌握兵权。对于复杂的政治形势、残酷的权力斗争，郗愔一向都是糊里糊涂的，他竟然还写信给桓温说："正要和您一起辅佐王室，修复被敌人毁坏的先帝陵寝。"桓温可不想和郗愔一起辅佐王室，他要的是独掌兵权、取代王室。

当时郗超正出门在外，在路上听说送信的人来了，急忙拿过他爸写的信来看，看完后，把信撕得粉碎后就回去了。一到家他就假冒他爸的语气重新写了封信，说自己年老多病，经不住世事烦扰，只想找个清闲的地方去养老。桓温收到信后非常高兴，立刻下令把郗愔调任为没有实际兵权的都督五郡军事、会稽太守。

郗司空在北府，桓宣武恶其居兵权。郗于事机素暗，遣笺诣桓："方欲共奖王室，修复园陵。"

世子嘉宾出行，于道上闻信至，急取笺，视竟，寸寸毁裂，便回。还更作笺，自陈老病，不堪人间，欲乞闲地自养。宣武得笺大喜，即诏转公督五郡、会稽太守。

《世说新语·捷悟11-6》

注 郗司空：郗愔，去世后追封为司空。　　世子：古代天子、诸侯的正妻所生的
北府：东晋时京口的别称。　　　　　　大儿子，即嫡（dí）长子。这里指郗
事机：世事机宜。　　　　　　　　　　愔的长子。
奖：指辅佐。　　　　　　　　　　　　人间：指世事。

　　郗超违背他爸郗愔忠于晋朝王室的心意，主动放弃兵权，虽然说客观上保全了他爸的性命，但从郗愔的角度来看，这一举动绝对也是"坑爹"。

　　郗超四十二岁就病死了。他咽气后，手下的人禀告郗愔说："大郎死了。"郗愔听后也不悲伤，只是对手下人说："入殓（liàn）时告诉我。"到了入殓时，郗愔去参加殡（bìn）殓仪式，一下子悲痛得差点儿断了气。

　　郗嘉宾丧，左右白郗公："郎丧。"既闻不悲，因语左右："殡时可道。"公往临殡，一恸几绝。

《世说新语·伤逝 17-12》

注 殡：指殡殓，把死者装进棺材，准备下葬。

　　郗超虽然"坑爹"，但他和妻子的感情很好。魏晋时期婚姻比较自由，丈夫死后妻子改嫁也是为社会所接受的。郗超死后，妻子的哥哥就想把妹妹接回娘家去，等将来有合适的对象也可以再做选择，但她不肯回去。她说："现在活着已经不能和郗郎住在同一间屋子里，难道将来死后还不能和他葬在同一个墓穴里吗？"

　　郗嘉宾丧，妇兄弟欲迎妹还，终不肯归。曰："生纵不得与郗郎同室，死宁不同穴？"

《世说新语·贤媛 19-29》

注 宁（nìng）：难道。

　　郗超妻子的这句话化用自《诗经》中的诗句：穀（gǔ）则异室，死则同穴。"穀"指活着。即使活着不能住一室，死后也要

同埋一个坑。原诗中这是一位小伙子对追求的姑娘所说的誓词。从这句话也能看出，郗超的妻子不仅对丈夫怀着真挚热烈的深情，文学修养水平也是相当高啊。

入幕之宾

　　郗超是桓温图谋篡位的重要谋士。有一次，桓温和郗超商议撤换朝廷大臣的事，要上报的名单拟定后，时间已经很晚了，这天夜里他们俩就住在一起。

　　第二天早上起来，桓温派人把谢安和王坦之叫进来，把拟好的奏疏扔给他们看。当时郗超还在帐子里没起床。谢安看了奏疏，一句话也没说，王坦之看后径直把奏疏扔回给桓温，说："太多了！"桓温拿起笔想删去一些朝臣的名字，这时郗超不自觉地偷偷从帐子里和桓温说话。谢安看到后，笑着说："郗先生可真称得上是入幕之宾啊。"谢安这话一语双关，表面上是说郗超进了桓温的帐幕，实际上是指责他在幕后为桓温出谋划策，而且，郗超的小名正好叫嘉宾。

　　成语"入幕之宾"就出自这个故事，后用来形容关系亲密或是参与机密的人。

　　桓宣武与郗超议芟（shān）夷朝臣，条牒既定，其夜同宿。明晨起，呼谢安、王坦之入，掷疏示之，郗犹在帐内。谢都无言，王直掷还，云："多！"宣武取笔欲除，郗不觉窃从帐中与宣武言。谢含笑曰："郗生可谓入幕宾也。"

《世说新语·雅量6-27》

顾恺之

妙语连珠的
大画家

顾恺之是中国历史上著名的大画家，代表作有《女史箴（zhēn）图》《洛神赋图》《列女仁智图》等。遗憾的是，这些作品都没能流传下来，我们只能从后人的摹本中领略这位大画家出神入化的技艺。

在东晋，同时代的人对他的画作就给予了高度评价。谢安夸他说："顾恺之的画，是自从有人类以来未曾有过的。"换句话说，就是超越了之前的所有人。

谢太傅云："顾长康画，有苍生来所无。"

《世说新语·巧艺 21-7》

注 顾长康：顾恺之，字长康。　　　　　苍生：人类。

顾恺之不仅擅长绘画，在绘画创作理论上也有相当独到的见解。我们虽然没有机会欣赏他的原作，但可以通过《世说新语》

中的几个小故事，大致了解一下他别出心裁的创作手法和思路。

他在画西晋名士裴楷时，往脸上添了三根毫毛。有人就问了，为什么要加这三根毛呢？顾恺之说："裴楷俊逸开朗，有见识有才华，加上后正好能表现出他的见识和才华。"看画的人听了画家这番解读，再去看画，细细玩味，还真觉得加上三根毫毛后人越发显得神采奕奕，远远胜过没添加的时候。

顾长康画裴叔则，颊上益三毛。人问其故，顾曰："裴楷俊朗有识具，正此是其识具。"看画者寻之，定觉益三毛如有神明，殊胜未安时。

《世说新语·巧艺21-9》

注　裴叔则：裴楷，字叔则。　　　　识具：见识、才华。

顾恺之画谢安的伯父谢鲲，把他画在岩石丛中。有人就问他为什么要这么构图。顾恺之说："谢鲲曾说过，'一丘一壑（hè），自谓过之。'这位先生就适合画在深山幽谷中。"

顾长康画谢幼舆在岩石里。人问其所以，顾曰："谢云：'一丘一壑，自谓过之。'此子宜置丘壑中。"

《世说新语·巧艺21-12》

注　谢幼舆：谢鲲，字幼舆。

当年晋明帝曾经问谢鲲，和庾亮比，他自己认为谁更优秀。谢鲲回答说："要论做官，我比不上庾亮，但如果要比隐居于山林丘壑，我自认为要超过他。"

除了画历史名人，顾恺之还很喜欢为身边的人画像。有一次，他想给上司殷仲堪画一幅肖像。殷仲堪为患病的父亲研制药物时，用沾了药粉的手擦眼泪，结果弄瞎了一只眼睛，所以对自己的容貌有些自卑，一听要给他画像，赶紧推辞："不要不要，我长得太丑，就不劳烦大画家了。"

顾恺之说："来嘛来嘛，你不就是因为眼睛的原因吗？我会给你清晰地画上瞳孔，然后用飞白的手法在上面轻轻一抹，就像一朵淡淡的云飘在明月之上。绝对会帅极了。"

顾长康好写起人形，欲图殷荆州，殷曰："我形恶，不烦耳。"顾曰："明府正为眼尔。但明点童子，飞白拂其上，使如轻云之蔽日。"

注　写起：画。　　　　　　　　童子：即瞳子，瞳孔。
　　人形：人物肖像。　　　　　飞白：原为书法中的一种笔法，笔势
　　殷荆州：殷仲堪，曾担任荆州刺史。　飞动，线条露白。
　　明府：对州、府长官的尊称。　蔽日：一作"蔽月"。

眼睛是刻画人物的重点。顾恺之画人像时，有时会好几年都不画眼珠。有好奇的人问其中缘故，顾恺之说："人的四肢美丑，跟画的精妙没什么关系；要把人画得传神逼真，重点就在这眼珠之中啊。"

顾长康画人，或数年不点目睛。人问其故，顾曰："四体妍蚩，本无关于妙处；传神写照，正在阿堵中。"

《世说新语·巧艺 21-13》

注　目睛：指眼珠。　　　　　　妍蚩（yán chī）：美丑。
　　四体：四肢。

顾恺之读前人的诗句时，会想着怎么用画面把美好的诗句呈现出来。嵇康写过两句诗：目送归鸿，手挥五弦。用目光远送北归的鸿雁，用手指拨动古琴的五根弦。顾恺之说："画'手挥五弦'很容易，要想画出'目送归鸿'可就太难了。"四肢体态好画，最难画的就是人的眼神啊！

顾长康道："画'手挥五弦'易，'目送归鸿'难。"

《世说新语·巧艺21-14》

　　嵇康写过一篇名为《琴赋》的文章，讲述古琴的制作、弹奏以及琴乐欣赏。顾恺之则写了一篇《筝赋》。有人问他："在您看来，您的《筝赋》和嵇康的《琴赋》比，哪篇更好？"顾恺之相当自信地说："不懂欣赏的人，会因为我这篇是后出的而不屑一顾；有深见卓识的人，会因为它高妙新奇而加以推崇。"

　　或问顾长康："君《筝赋》何如嵇康《琴赋》？"顾曰："不赏者，作后出相遗；深识者，亦以高奇见贵。"

《世说新语·文学4-98》

你可能已经发现了，顾恺之不仅能画，还相当能说。确实，这位大画家还是一位好词佳句的批量生产者，《世说新语》中收录了很多他说过的精彩句子。

我们先跟着顾老师来学习一下如何描写景物。

桓温驻守在江陵时，修筑城墙，营建官署，把整座城池建造得非常壮丽。竣工后，他邀请宾客下属们来到江边的渡口，眺望江陵景色。

这种时候，当领导的自然是希望大家能说些漂亮话夸夸他的杰作，于是桓温就说："谁能给这座新城来几句评价啊？说得好的有赏！"顾恺之当时作为客人也在座，他只说了八个字："**遥望层城，丹楼如霞。**"遥望江陵，就像昆仑山上巍峨的高城。红色的城楼高耸，仿若天边灿烂的彩霞。

桓温一听，太有文采了！当即赏给他两名婢女。

桓征西治江陵城甚丽，会宾僚出江津望之，云："若能目此城者，有赏。"顾长康时为客在坐，目曰："遥望层城，丹楼如霞。"桓即赏以二婢。

《世说新语·言语2-85》

注 桓征西：桓温，曾任征西大将军。　　江津：江边渡口。
江陵：县名，在今湖北江陵，当时是荆　　层城：古代神话中昆仑山上的高城。
州的治所。

还有一次，顾恺之从会稽回来，人们问他那边的山川是怎么个美法，顾恺之形容说："那里千座山峰竞相比拼谁更秀丽，万条溪流争着奔流而下，茂盛的草木笼罩着山峰，像是彩云涌动，霞光聚集。"

顾长康从会稽还，人问山川之美，顾云："千岩竞秀，万壑争流，草木蒙笼其上，若云兴霞蔚。"

《世说新语·言语2-88》

208

接下来，我们看看顾老师如何用生动的比喻来表达情感、描述神态。

顾恺之曾在桓温手下任职。桓温死后，顾恺之去他坟前祭拜，作诗说道："高山崩塌了，海水枯竭了，鱼儿啊鸟儿啊，该去依靠谁呢！"

别人听出他是在用高山大海类比桓温，就问他说："你这么依靠看重桓温，他去世的时候你肯定哭得很伤心吧，可以描述一下吗？"顾恺之说："我哭的时候，鼻子里的气息像旷野里刮起的大风，眼泪像瀑布一样奔流直下。"

还有一种说法称，顾恺之说的是："哭声像惊雷震破山岳，眼泪像倾泻的河水注入大海。"

顾长康拜桓宣武墓，作诗云："山崩溟海竭，鱼鸟将何依！"

人问之曰："卿凭重桓乃尔，哭之状其可见乎？"顾曰："鼻如广莫长风，眼如悬河决溜。"或曰："声如震雷破山，泪如倾河注海。"

《世说新语·言语2-95》

注 溟（míng）海：大海。　　　　　　　　悬河：瀑布。
广莫：即广漠，辽阔空旷。　　　　　　决溜：指河堤决口，河水急流。

就连吃个甘蔗，顾恺之也有他的讲究，并随手抛出一个名句。顾恺之吃甘蔗时，喜欢从不怎么甜的甘蔗梢开始吃起。别人问他为什么这么吃，他说："这样就可以从平淡无味一点一点地到达美好的境界。"

顾长康啖甘蔗，先食尾。人问所以，云："渐至佳境。"

《世说新语·排调25-59》

最后，我们再来简单了解下顾恺之作为一个段子手的幽默感。

他在荆州刺史殷仲堪手下工作时，有一次请假回东边的老家。

按照当时的惯例，普通官员回家探亲，单位不提供帆船，顾恺之跟领导软磨硬泡，苦苦哀求，才借到了一条帆船。

出发后走到一个叫破冢（zhǒng）的地方，遇到大风，帆被扯破了，船也被刮到江边石头上撞坏了。顾恺之给殷仲堪写信说："这个地方叫破冢，我可真像是打破坟墓从里面逃出来的。可以说是行人安稳，布帆无恙（yàng）。""冢"是坟墓的意思。"布帆"这里是指帆船。"恙"指病。

按照正常的词语搭配，应该是"布帆安稳，行人无恙"，船行驶得又安全又稳当，在外赶路的人也没病没灾。但现在真实的情况是，顾恺之的船被撞得七零八落，人也是死里逃生，所以他故意把这两个搭配调换了一下，想要表达的是布帆没了安稳，行人也没有无恙。

顾长康作殷荆州佐，请假还东。尔时例不给布帆，顾苦求之，乃得。

发至破冢，遭风大败。作笺与殷云："地名破冢，真破冢而出。行人安稳，布帆无恙。"

《世说新语·排调25-56》

注　佐：官府中协助办事的官吏。　　　　破冢：地名，在今湖北江陵东。
不给（jǐ）：不供应。　　　　　　　　败：毁坏。
布帆：布制的船帆，泛指帆船。

世说小百科

人名中的"之"

你可能已经发现了，东晋很多名士的名字中都有个"之"字，比如顾恺之，前面说过的王羲之和他的儿子王徽之、王献之，膝上名士王坦之，还有后来南北朝时期精确推算出圆周率的祖冲之。这些人为什么会对"之"这个字情有独钟呢？

其实，"之"用在名字中，代表的是一种宗教信仰。东汉末年，道教天师张道陵创立了"五斗米道"，信徒交纳五斗米便可加入。这一教派也称天师道、正一道，是道教的一个重要派别。魏晋南北朝时期，天师道盛行，很多教徒的名字中都有"之"，就像佛教徒的名字中常有"法""昙"一样。王羲之、顾恺之等人都是这一教派的信徒，"之"也是他们作为道教徒的身份标志。

桓玄

一堆漂亮话

桓温一心想要称帝建国，他一辈子最想做却没能做成的事，竟然还真被他的儿子做成了。这就是他最小的儿子桓玄。

桓温快六十岁时才有了这个儿子，他去世时，桓玄才五岁。为桓温服丧期满后，刚刚脱下丧服，叔叔桓冲带着桓玄和前来送丧的文武官员道别，他指着官员们告诉桓玄说："这些人都是你家的老部下。"桓玄听后放声恸哭，悲痛之情让在场的人深受感动。

桓温死后，桓冲接替了他的职位，他经常看着自己的座位说："等桓玄长大成人后，我就要把这个座位还给他。"桓冲悉心抚养桓玄，对他的疼爱超过了自己的儿女。

桓宣武薨，桓南郡年五岁，服始除，桓车骑与送故文武别，因指语南郡："此皆汝家故吏佐。"玄应声恸哭，酸感傍人。

车骑每自目己坐曰："灵宝成人，当以此坐还之。"鞠爱过于所生。

《世说新语·夙惠12-7》

薨（hōng）：古代指高品级官员死亡。　　　吏佐：部下。

桓南郡：桓玄，继承了桓温的南郡公爵位。　　　灵宝：桓玄的小名。

服始除：指服丧期满后脱去丧服。　　　　　　鞠（jū）爱：抚养爱护。

桓车骑：桓冲，桓温的弟弟，曾担任车骑将军。

桓玄长大后，热爱文艺，性情豁达，称得上是一代名士。

二十出头时，朝廷任命桓玄为太子洗马，这是太子府里的一个官职名称，并不是真的要去帮太子刷洗马匹。

桓玄坐船前往京城赴任，中途在一个叫荻渚（dí zhǔ）的地方停靠。王坦之的儿子王忱正好在当地，便去探望桓玄。当时，王忱喝了些药酒，已经有点儿醉了。桓玄摆酒设宴招待他。王忱喝了药酒后，要喝些热的让药性散发，不能喝冷酒，便三番五次地让仆人"温酒来"，把酒加热后送上来。桓玄听他多次提到父亲桓温的名字，忍不住低声哭泣。

王忱这才反应过来，自己不该说人家老爸的名字，还说了好

213

多次，又惭愧又尴尬，就想要走了。桓玄用手巾擦着眼泪，对王忱说："犯的是我的家讳，我伤心我的，关你什么事呢！"王忱赞叹说："桓玄为人真是豁达啊！"

> 桓南郡被召作太子洗马，船泊获渚，王大服散后已小醉，往看桓。桓为设酒，不能冷饮，频语左右令"温酒来"，桓乃流涕呜咽。
>
> 王便欲去，桓以手巾掩泪，因谓王曰："犯我家讳，何预卿事！"王叹曰："灵宝故自达！"

《世说新语·任诞 23-50》

注 获渚：地名，故址在今湖北江陵。　　喜欢服用的一种药酒。
　　散：即五石散，也叫寒食散，魏晋贵族　　家讳：父祖的名讳。

太子洗马没干多久，桓玄就被派到外地当了个地方官，他嫌官太小，干脆辞了职回到自己的封地南郡。南郡的治所在江陵，这里也是荆州的治所。新来的荆州刺史殷仲堪能力一般，桓玄凭着他爸和他叔常年治理荆州的影响力，逐渐掌握了荆州的实权。从此，桓玄有了和朝廷讨价还价的资本，官位也步步高升。

政坛新星桓玄同时是个文艺青年，损起人来也是一把好手。有一次，桓玄带着部下们比赛射箭，有一个刘参军和周参军分在一组，只要再射中一箭，他们这组就赢了。

刘参军对周参军说："你这一箭如果射不中，我就要拿鞭子抽你了。"周参军说："大家都是同事，射不中也只是输了这场比赛，哪里至于要挨你的鞭打呢？"刘参军说："以伯禽那样尊贵的身份，都难免要挨鞭打，更何况你呢！"

刘参军所说的伯禽是西周初年辅政大臣周公的儿子。周公辅佐年幼的周成王时，让儿子伯禽陪着成王一起学习。每当成王犯了错，周公不能鞭打成王，于是便鞭打伯禽来惩戒成王。所以刘参军说这话，实际上是在占周参军的便宜，把他比作自己的儿子。

但是这位周参军显然是书读得少，根本没听懂刘参军的话，所以一点儿被冒犯的神色都没有。

桓玄出射，有一刘参军与周参军朋赌，垂成，唯少一破。

刘谓周曰："卿此起不破，我当挞卿。"周曰："何至受卿挞？"

刘曰："伯禽之贵，尚不免挞，而况于卿！"周殊无忤色。

桓语庾伯鸾曰："刘参军宜停读书，周参军且勤学问。"

《世说新语·排调 25-62》

注　朋赌：分组赌射箭。　　　　　　　　忤（wǔ）：违逆，违背。
　　垂：接近，快要。　　　　　　　　　庾伯鸾（luán）：庾鸿，字伯鸾。

桓玄在旁边看了这场好戏，心想刘参军仗着自己读书多，就用典故来戏弄同事，这样可不好。而周参军呢，因为不读书，被人取笑了还浑然不觉。于是桓玄对身边的官员庾鸿说："刘参军的书读得很好，以后最好不要再读了，周参军还需要勤奋学习啊。"

祖广也是桓玄手下的一名参军，他走路时总是喜欢缩着脖子。有一次他去拜访桓玄，刚从车上下来，桓玄看到后说："今天天气这么晴朗，祖参军却像是从漏雨的屋子里走出来的。"

祖广行恒缩头。诣桓南郡，始下车，桓曰："天甚晴朗，祖参军如从屋漏中来。"

《世说新语·排调 25-64》

桓玄每次看到别人做事愚钝、不爽快利落的样子时，就喜欢尖酸刻薄地说人家："您如果得到了脆爽多汁的哀家梨，该不会拿来蒸了吃吧？"

桓南郡每见人不快，辄嗔云："君得哀家梨，当复不蒸食不？"

《世说新语·轻诋 26-33》

注　不快：指办事愚钝、不爽快。　　　　嗔（chēn）：生气，责怪。

　　相传汉代有个叫哀仲的人，他家梨树上结的梨个大味美，入口即化，称为"哀家梨"。成语"哀梨蒸食"就出自桓玄的这句话，比喻不识货，糊里糊涂地糟蹋好东西。

　　从桓玄损人的故事中不难看出，他不仅有着扎实的文化功底，还有着丰富的想象力、极快的临场反应能力，在损人界的段位也算是相当高了。强将手下无弱兵，他手下的参军想要损他的时候，用的招数更加巧妙，为了达到理想的效果，甚至还用上了道具。

　　桓玄很喜欢打猎。每次出去打猎，都带着大批的车马随从，浩浩荡荡，绵延五六十里，旌（jīng）旗遍布田野，骏马驰骋，追击如飞，左右两翼人马所到之处，不避山陵沟壑。一旦队伍不整齐，或是让獐子、野兔跑掉了，桓玄就会让人把那些失职的部下统统绑起来。

桓道恭和桓玄是一个家族的人，当时在桓玄手下担任负责抓捕盗贼的贼曹参军。这个人很敢说真话。他跟着桓玄去打猎时，经常带着一条深红色的绵绳，系在腰间。桓玄见了很奇怪，就问他："你带着这个做什么？"桓道恭回答说："您打猎时动不动就喜欢绑人，如果轮到我也要被绑时，我的手可受不了粗绳子上的芒刺。"从这以后，桓玄的坏脾气才稍微收敛了一点儿。

桓南郡好猎。每田狩，车骑甚盛，五六十里中，旌旗蔽隰，骑良马，驰击若飞，双甄所指，不避陵壑。或行陈不整，麏兔腾逸，参佐无不被系束。

桓道恭，玄之族也，时为贼曹参军，颇敢直言。常自带绛绵绳著腰中，玄问："此何为？"答曰："公猎，好缚人士，会当被缚，手不能堪芒也。"玄自此小差。

《世说新语·规箴10-25》

注 田狩（shòu）：狩猎，打猎。　　　参佐：僚属，部下。
隰（xí）：原指地势低洼潮湿的地方，　绛（jiàng）：深红色。
这里泛指原野。　　　　　　　　　　小差（chài）：稍微好些。小，稍微。
双甄（zhēn）：军阵中的左右二翼。　差，同"瘥"，病愈。
麏（jūn）：同"麇"，獐子。

桓玄和魏晋时的很多名士一样，也很喜欢和别人作比较。他当上太尉后，大会宾客，朝廷百官都来了。大家刚刚坐定，桓玄就问王桢之："我和你七叔比，谁更胜一筹啊？"王桢之是王徽之的儿子，他的七叔就是王献之。当时在场的官员们听了这个提问，紧张得大气都不敢出，都为王桢之捏着一把汗。

只听王桢之慢悠悠地回答说："亡叔是一时之标，公是千载之英。"我的叔叔是一时的典范，您则是千载难遇的英豪。大家这才松了一口气，一个个都很高兴。

> 桓玄为太傅，大会，朝臣毕集。坐裁竟，问王桢之曰："我何如卿第七叔？"于时宾客为之咽气。
>
> 王徐徐答曰："亡叔是一时之标，公是千载之英。"一坐欢然。
>
> 《世说新语·品藻9-86》

注 太傅：应为太尉。　　　　　　　　咽气：屏住气。形容气氛紧张。
　　裁：同"才"。　　　　　　　　　　标：楷模，典范。

但也不是谁都乐意投其所好，专拣桓玄爱听的说。王羲之的外孙刘瑾就是这样一个人。有一次桓玄问刘瑾："我和谢安谢太傅比起来怎么样？"刘瑾回答说："您高远，谢太傅深沉。"

桓玄接着又问："我和你的舅舅王献之比呢？"刘瑾回答说：**"楂梨橘柚，各有其美。"**山楂、梨、橘子、柚子，都各有自己的美味。言外之意就是，大家各有各的优点，干吗非得比来比去的呢。

> 桓玄问刘太常曰："我何如谢太傅？"刘答曰："公高，太傅深。"
>
> 又曰："何如贤舅子敬？"答曰："楂梨橘柚，各有其美。"
>
> 《世说新语·品藻9-87》

注 刘太常：刘瑾，担任过太常卿。

后来桓玄准备动手篡夺晋朝皇帝的皇位时，桓冲的儿子桓修打算趁他来看望自己的母亲时袭击他。桓修他妈庾夫人说："你们是嫡亲的堂兄弟，等我死了再说吧。我把他一手带大，不忍心看到你做出这样的事。"

桓玄将篡，桓修欲因玄在修母许袭之。庾夫人云："汝等近，过我余年，我养之，不忍见行此事。"

《世说新语·仇隙36-8》

桓玄篡位当上皇帝后，他坐的宝座微微陷下去了一点儿。大臣们都觉得这不是什么好兆头，一个个大惊失色。桓玄的姐夫、担任侍中的殷仲文说道："这应该是因为皇上德行深重，就连深厚的大地都承载不起。"当时的人都觉得这句话说得相当漂亮。

桓玄既篡位后，御床微陷，群臣失色。侍中殷仲文进曰："当由圣德渊重，厚地所以不能载。"时人善之。

《世说新语·言语2-106》

但是，漂亮话只能暂时哄人开心，并没有什么实际的用处。桓玄这个皇帝只当了一年多，就被将领刘裕率兵打败，桓玄逃回江陵，不久后被晋军杀死，时年三十六岁。

十多年后，刘裕取代东晋，建立了南朝第一个政权刘宋。《世说新语》的作者刘义庆，就是刘裕的侄子。

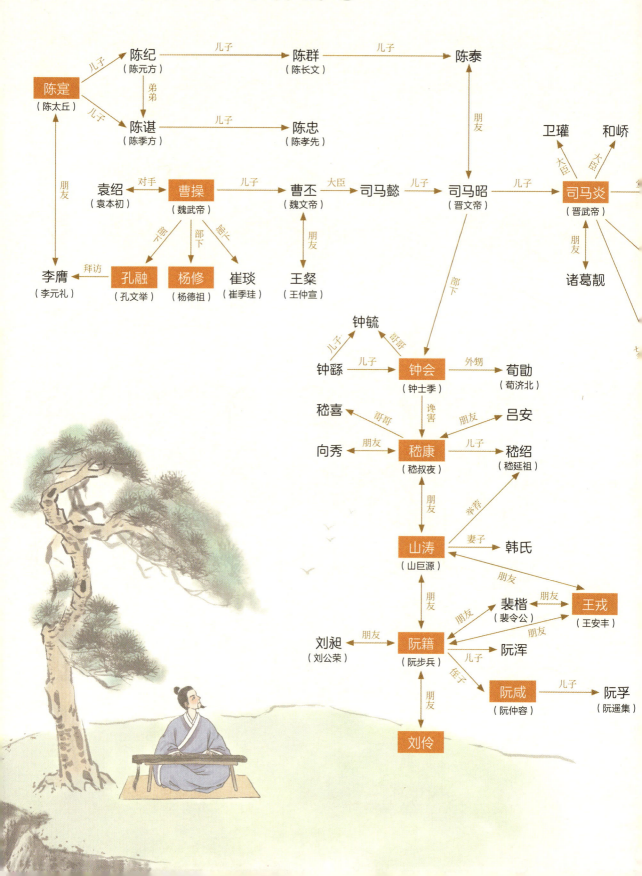

陈寔（陈太丘）— 儿子 → 陈纪（陈元方）— 儿子 → 陈群（陈长文）— 儿子 → 陈泰

陈纪（陈元方）— 弟弟 → 陈谌（陈季方）

陈寔（陈太丘）— 儿子 → 陈谌（陈季方）— 儿子 → 陈忠（陈孝先）

陈寔（陈太丘）— 朋友 → 李膺（李元礼）

袁绍（袁本初）— 对手 → 曹操（魏武帝）— 儿子 → 曹丕（魏文帝）— 大臣 → 司马懿 — 儿子 → 司马昭（晋文帝）— 儿子 → 司马炎（晋武帝）

司马昭（晋文帝）朋友 陈泰

司马炎（晋武帝）— 大臣 → 卫瓘

司马炎（晋武帝）— 大臣 → 和峤

司马炎（晋武帝）— 朋友 → 诸葛靓

曹操（魏武帝）— 部下 → 孔融（孔文举）

曹操（魏武帝）— 部下 → 杨修（杨德祖）

曹操（魏武帝）— 部下 → 崔琰（崔季珪）

孔融（孔文举）— 拜访 → 李膺（李元礼）

曹丕（魏文帝）— 朋友 → 王粲（王仲宣）

钟繇 — 儿子 → 钟会（钟士季）

钟毓 — 哥哥 → 钟会（钟士季）

钟繇 — 儿子 → 钟毓

钟会（钟士季）— 外甥 → 荀勖（荀济北）

司马昭（晋文帝）— 部下 → 钟会（钟士季）

钟会（钟士季）— 诬害 → 嵇康（嵇叔夜）

嵇喜 — 哥哥 → 嵇康（嵇叔夜）

向秀 — 朋友 → 嵇康（嵇叔夜）

嵇康（嵇叔夜）— 朋友 → 吕安

嵇康（嵇叔夜）— 儿子 → 嵇绍（嵇延祖）

嵇康（嵇叔夜）— 朋友 → 山涛（山巨源）

山涛（山巨源）— 推荐 → 嵇绍（嵇延祖）

山涛（山巨源）— 妻子 → 韩氏

山涛（山巨源）— 朋友 → 王戎（王安丰）

山涛（山巨源）— 朋友 → 阮籍（阮步兵）

刘昶（刘公荣）— 朋友 → 阮籍（阮步兵）

阮籍（阮步兵）— 朋友 → 裴楷（裴令公）

裴楷（裴令公）— 朋友 → 王戎（王安丰）

阮籍（阮步兵）— 朋友 → 王戎（王安丰）

阮籍（阮步兵）— 儿子 → 阮浑

阮籍（阮步兵）— 侄子 → 阮咸（阮仲容）— 儿子 → 阮孚（阮遥集）

阮籍（阮步兵）— 朋友 → 刘伶

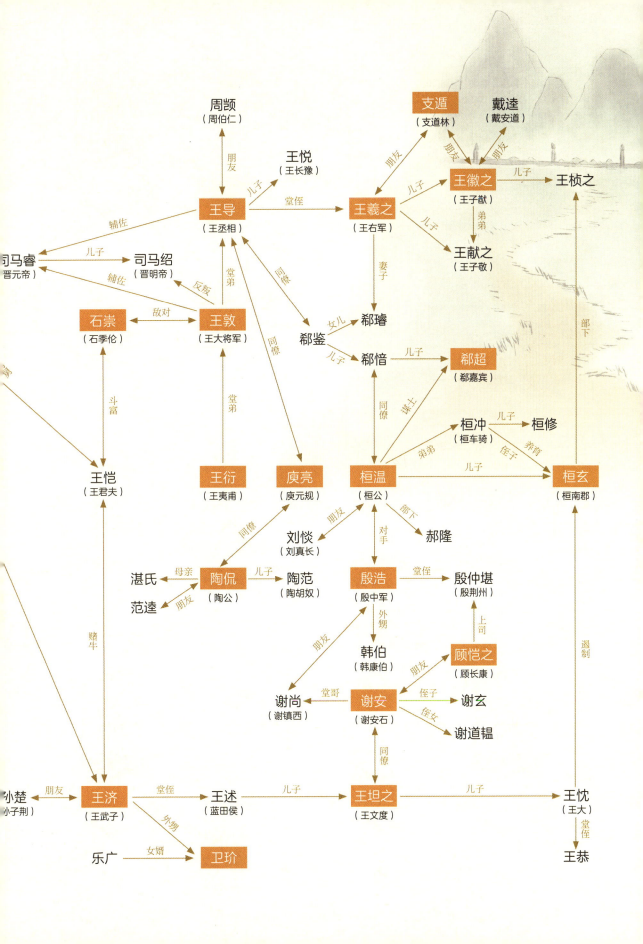

支遁
（支道林）

戴逵
（戴安道）

周颙
（周伯仁）

王悦
（王长豫）

朋友

王徽之
（王子猷）

儿子

王桢之

朋友

朋友

朋友

王导
（王丞相）

儿子

堂侄

王羲之
（王右军）

儿子

弟弟

辅佐

司马睿
（晋元帝）

儿子

司马绍
（晋明帝）

王献之
（王子敬）

辅佐

反叛

堂弟

同僚

妻子

石崇
（石季伦）

敌对

王敦
（王大将军）

郗璿

部下

同僚

郗鉴

女儿

郗愔

儿子

郗超
（郗嘉宾）

谋士

堂弟

王恺
（王君夫）

斗富

王衍
（王夷甫）

庾亮
（庾元规）

桓温
（桓公）

同僚

同僚

桓冲
（桓车骑）

儿子

桓修

养育

侄子

弟弟

儿子

桓玄
（桓南郡）

遏制

刘惔
（刘真长）

朋友

对手

部下

郝隆

湛氏

母亲

陶侃
（陶公）

儿子

陶范
（陶胡奴）

殷浩
（殷中军）

堂侄

殷仲堪
（殷荆州）

范逵

朋友

上司

外甥

韩伯
（韩康伯）

顾恺之
（顾长康）

朋友

朋友

赌牛

贺牛

谢尚
（谢镇西）

堂哥

谢安
（谢安石）

侄子

谢玄

侄女

谢道韫

小楚
（小子荆）

朋友

王济
（王武子）

堂侄

王述
（蓝田侯）

儿子

王坦之
（王文度）

同僚

儿子

王忱
（王大）

堂侄

外甥

乐广

女婿

卫玠

王恭

图书在版编目（CIP）数据

世说新语来了！：在名士故事中读懂小古文 / 歪歪
兔童书馆著绘 . -- 北京：海豚出版社，2023.5（2025.4 重印）
ISBN 978-7-5110-6350-2

Ⅰ . ①世… Ⅱ . ①歪… Ⅲ . ①《世说新语》- 少儿读
物 Ⅳ . ① I242.1-49

中国国家版本馆 CIP 数据核字 (2023) 第 052864 号

世说新语来了！——在名士故事中读懂小古文
歪歪兔童书馆 / 著绘

出 版 人：王　磊
总 策 划：宗　匠
执行策划：宋　文
监　　制：刘　舒
撰　　文：宋　文
绘　　画：索俏俏
装帧设计：玄元武　侯立新
责任编辑：杨文建　张国良
责任印制：于浩杰　蔡　丽
法律顾问：北京市君泽君律师事务所　马慧娟　刘爱珍

出　　版：海豚出版社
地　　址：北京市西城区百万庄大街 24 号　　邮　编：100037
电　　话：(010) 65569870（销售）　　(010) 68996147（总编室）
传　　真：(010) 68996147
印　　刷：北京博海升彩色印刷有限公司
开　　本：16 开（787 毫米 ×1092 毫米）
印　　张：14.5
字　　数：120 千
印　　数：70001-80000
版　　次：2023 年 5 月第 1 版
印　　次：2025 年 4 月第 6 次印刷
标准书号：ISBN 978-7-5110-6350-2
定　　价：128.00 元

合作、应聘、投稿、为图书
纠错，请发送邮件至
hr@waiwaitu.com

买书更划算
天猫扫一扫

海豚出版社
微信扫一扫

歪歪兔 诞生于 2007 年
让父母读懂孩子，让孩子成就自己

专注于 0~12 岁儿童教育产品研发

独创"关键期教育发展体系"

入选《中国教育出版蓝皮书》

原创童书累计销量逾 1 亿册

版权输出至全球多个国家和地区

常居当当童书畅销榜、抖音畅销榜等各大榜单

荣获桂冠童书大奖、中国原创图画书年度荣誉作品、
全国优秀科普图书作品奖、新浪好书、
最受欢迎幼教品牌等国内国际众多荣誉和奖项
入围"原动力"中国原创动漫出版扶持计划

歪歪兔教育相关视频内容，全网累计播放量 10 亿 +

根据歪歪兔绘本改编的儿童舞台剧全国各大剧院巡演近 200 场

在孔子乐观、坚持的人生故事中读懂《论语》。

像庄子一样乐观自信，做自己，不焦虑。

寓言故事到底在讲什么？这下真的读懂了！

有故事、有趣味、有观点，按时间线串讲《史记》，培养和发展孩子的历史思维能力。

一套孩子读得懂的《诗经》！回到先秦历史现场，见证每首经典的诞生。

在诗人故事中轻松读懂唐诗，一套孩子自己想要读的唐诗书。

在词人故事中轻松读懂宋词，提升孩子的文学审美力，从读宋词开始。

从不断"颠覆自己、超越自己"的物理学历程中，培养孩子独立思考的能力。

一本有趣又有用的哲学书！孩子们困惑的问题，哲学家早就有答案！

在名士故事中轻松读懂小古文，培养乐观、包容、幽默的人生态度。

读故事学古文，让孩子轻松爱上文言文。

屈原来了！……

微信扫一扫
发现"来了"书系更多好书